Margarida Fonseca Santos

Deixa-me entrar na tua vida

CB015616

escrituras
São Paulo, 2016

Todos os direitos desta edição cedidos à
Escrituras Editora e Distribuidora de Livros Ltda.
Rua Maestro Callia, 123 – Vila Mariana – São Paulo – SP – 04012-100
Tel.: (11) 5904-4499 / Fax: (11) 5904-4495
escrituras@escrituras.com.br
www.escrituras.com.br

Criadores da Coleção Ponte Velha
António Osório (Portugal) e Carlos Nejar (Brasil)

Diretor editorial **Raimundo Gadelha**
Coordenação editorial **Mariana Cardoso**
Assistente editorial **Gabriel Antonio Urquiri**
Capa, projeto gráfico e diagramação **Studio Horus**
Revisão **Simone Scavassa**
Impressão **Arvato Bertelsmann**

Dados Internacionais de Catalogação na Publicação (CIP)
(Câmara Brasileira do Livro, SP, Brasil)

Santos, Margarida Fonseca
    Deixa-me entrar na tua vida/Margarida Fonseca
Santos. – São Paulo: Escrituras Editora, 2016. –
(Coleção Ponte Velha)

    ISBN 978-85-7531-659-7

    1. Literatura Portuguesa I. Título. II. Série.

15-09372   CDD-869

Índices para catálogo sistemático:
1. Literatura Portuguesa   869

Edição apoiada pela Direção-Geral do Livro,
dos Arquivos e das Bibliotecas/ Portugal

Impresso no Brasil
Printed in Brazil

Sumário

Hall de entrada

— Não te parece uma boa ideia? Parecia, sim, mas hoje não consigo explicar esta inquietação que se apodera de mim e me faz vacilar. Aceitei partilhar este espaço contigo, como poderia não aceitar? Estaríamos a resolver tantos problemas de uma vez: o teu luto sofrido, que te arrasta há anos, que me arrasta contigo, o meu novo emprego, a tua solidão, a minha deslocação para a cidade, a tua quase vida, a minha quase não vida, o teu problema, o meu problema em entendê-lo. Aceitei, claro que aceitei.

Olho a entrada. Um projeto bem conseguido e que pagaste na íntegra, Alda, fingindo-te ofendida, ou até ofendida de verdade, sempre que insisto em dividir as despesas da obra. Dizes que a ideia e aquele espaço são teus, que os quiseste modificar, fazendo de uma enorme casa duas pequenas. Aquela entrada, a comum, será um convite para quem chega, para quem quiser conhecer-nos. Contudo, hoje, esta entrada avisa-me que devo sair. Como se eu fosse capaz... Seria uma ingrata, penso. Não, não penso, sinto, o que é ainda pior. Duas primas, quase meias-irmãs, vidas autônomas, vidas não autônomas, aquela entrada a ligar-nos numa intimidade que só existirá quando quisermos; é essa a tua versão. Dez anos separam-nos em idade, seis metros quadrados juntam-nos num princípio de casa que será comum sem o ser, dizes. Tu queres proteger-me, ou serei eu a ti, Alda? Não falamos disso.

Também aceitei que a decoração do *hall* fosse feita por ti. Móveis comuns à infância de ambas, mais da tua do que da minha — uma arca antiga e um bengaleiro onde se penduravam os casacos na casa velha onde crescemos. Em breve estarão ali os nossos, alegras-te.

Entristeço, sem saber o porquê. Sacudo a aflição. Estas intuições podiam desaparecer, desejo. Contudo, digo alto o que esperas de mim:

— Vai ser bom morar aqui!

— Também acho… — E abraças-me como nunca antes fizeste.

Os homens das mudanças param neste espaço de entrada e saída, acanhamo-nos aqui. Tu agradeces, passas um envelope para as mãos do mais importante (ou será apenas o mais velho?) e sais do caminho. É assim que a agitação se escoa do nosso *hall* para o patamar. Por educação, esperamos que apanhem o elevador. Finalmente fechas a porta, a de fora, a comum. Para lá, o mundo dos outros; para cá, o nosso mundo, o que criarmos a partir de hoje.

— Agora, cada uma arruma a sua casa. Toca a andar, chama-me quando estiveres completamente instalada.

E entras, fechando a porta com cuidado. Eu fico ali sozinha. Envergonha-me ter de fechar a minha porta. Sinto-me a fechá-la sobre ti, ou será porque, ao fechar a minha, estou a prender aqui os meus receios?

Hesito tanto que voltas atrás. Espreitas:

— Luísa?

— Diz…

— Ainda estás aí?

— Nem me deste tempo de entrar…

— Ris-te.

— Jantamos juntas em qualquer sítio, ou não te dá jeito?

— Pode ser. Não tenho nada em casa…

— Também eu não, *vizinha*. Oito e meia, combinado?

Aceno que sim, com um sorriso. Fechas a porta. Apresso-me a entrar no meu lado, na minha casa. Penso se alguma vez a vou sentir como minha. Os caixotes abafam-me as ideias, está tudo por arrumar e são três da tarde.

Há pouco rimo-nos — ambas com doze caixotes, prontas a morar no décimo segundo andar. Os meus caixotes bem maiores, os da Luísa mais leves. Como a vida…

O primeiro que arrumo é o mais difícil. Escolho de cabeça um esconderijo inverosímil — um canto no armário da sala, junto aos discos de vinil que ali vou guardar. A Luísa diz que vêm aí uns discos minúsculos, que não se riscam. Não acredito, só quando os vir... Alinho-os com cuidado, por ordem alfabética. Preciso de que sobre um espaço para elas. É possível, constato, até ajudam a segurá-los. Preferia pôr algumas no frigorífico, mas isso seria uma asneira. Já a imagino a zangar-se:

— Disseste que tinhas parado, Alda, afinal...

Não me apetece inventar desculpas, pelo menos por agora. Terei feito bem? Vamos estar tão perto uma da outra. Mas a casa era enorme e a Luísa andava a procurar poiso nos subúrbios. Iria passar horas no trânsito, assim não. Sempre a ajudo mais um pouco, se ela deixar. Já combinou como vão ser as contas — tudo a meias, tudo. Até o telefone. Diz que vai contar os períodos que usa, guia-se pelos *bips* que o aparelho dá, aponta riscos num papel. Ficou com o telefone antigo, o pesadão e preto, nunca gostei dele. Do meu lado um moderno, vermelho. Quando atendermos, ouvimos para quem é, e desliga quem não tiver que ver com a conversa. Dois telefones seria uma coisa disparatada. Ou talvez nem fosse. Sacudo a dúvida.

Abro uma garrafa de *gin* antes de a arrumar. Bebo pelo gargalo. Bebo pouco. Confiro a marca, não é grande coisa. Acondiciono-a junto das outras. Esconderijo perfeito.

Volto aos caixotes. Lembras-te deste casaco? Compramo-lo juntos, na serra. Guardei-o para mim. Todos disseram que eu deveria fazer desaparecer tudo o que me recordasse de ti. Uns insensíveis. Nunca tiveram uma ligação como a nossa, o que justifica uma sugestão dessas. Ninguém sabe o que foi ver-te morrer. Muito queridos, muito preocupados, sem fazerem ideia de como é amar como nós amamos. Ninguém poderá entender, ninguém.

Quatro e dez. Tenho de me despachar. Quero acabar antes dela, recebê-la sentada na sala, a ler. Ou não. É demasiado insegura, pode afligir-se.

Sento-me na borda do sofá. Para que fingir-me entusiasmada? Ninguém me está a ver, nem sequer a julgar. Ou estarás tu? Queria que fosse verdade, agarro-me à ideia de que as almas ficam por perto. Estou cansada, muito cansada. Os caixotes parecem-me agora demasiados. Empacotei tudo para as obras, deitei coisas fora, como está aqui tanta tralha? E o pó... Esse deixo-o para a dona Lena, é para isso que lhe pago, ou melhor, que lhe pagamos. Também dividimos esse encargo.

Puxo outro caixote para mim. Livros de radiologia, infecciosas, nefrologia. É pesadíssimo. A estante está vazia, escolho o lugar para eles, na prateleira debaixo antes das portas, esta aguentará melhor o peso. Para a semana já dou aulas. Levo os alunos comigo para a enfermaria, ensino-os a ver, a ouvir, a observar, a pensar comigo. É assim que se aprende. Tu também fazias assim. Até arranjaste uma forma de te verem operar, com aqueles espelhos. Ninguém deu valor a isso, ou terão dado? No teu funeral apareceu tanta gente, fazia impressão. Quem aparecerá no meu? Tu?...

Um estrondo do outro lado. Hesito. Deveria ver se precisa de ajuda? Se não estivesse aqui, ela desenvencilhava-se sozinha. Bato com os nós dos dedos na parede — é um código de infância, recordei-o de repente. Responde-me no mesmo código — nada de grave. Ainda bem. O hálito... Com a mão em concha sobre a boca, avalio o efeito. Muito forte. Procuro as pastilhas. Duas serão melhor. Se tivesse de lá ir, a Luísa daria logo por isto. Novo caixote. Os pratos... Ali. Arrasto-o para lá. Arrasto-me há anos.

Como começou? Não sei bem, talvez a resposta correta seja: porque acabou. Acabou para ti o mundo, iniciei-me eu num mundo que me desconcerta.

Por que será que isto me afeta assim? Posso responder que me sinto predisposta a cair em situações destas, mas estarei a mentir. Se existe predisposição, espero que agora seja para não me deixar cair nesta vida que me assusta. Contudo, não sei virar costas, não acredito na bofetada, no bater de portas e desaparecer. Também não acredito no que faço, chorando contigo, tentando trazer-te à razão, quando é uma razão que te traz para o álcool. Chego a ficar horas em silêncio ao teu lado, enquanto o desgosto te sacode em lágrimas e te deixa estendida na cama. Chego a ficar horas acordada, longe do desgosto e das lágrimas, estendida na minha cama, enquanto me sacudo para descobrir o guião que me permitirá avançar na minha vida dentro deste tempo em que desmoronou a tua.

Poderia ter alterado alguma coisa nos primeiros meses? Eu? Não sei. É nessa dúvida que me revolto, na dúvida que me leva a pensar que tu, Alda, tiveste uma saída e a desperdiçaste, enquanto eu fui atirada para uma entrada que não consegui ignorar. Os pensamentos enrolam-se uns nos outros, voltando ao início, como um disco riscado. Risco-me neste desgaste e não te levo a lado nenhum, embora continue sempre a tentar.

Haverá mais pessoas como eu? Encolho os ombros, detesto ter pena de mim mesma. Volto a oscilar entre a raiva e a ilusão de que um dia tudo pode finalmente acabar. Acabar, com a minha ajuda. Vivo a oscilar...

Foi um dia como os outros, pareceu-nos igual quando o inicia, mas afinal trazia uma cilada pronta a abater-se sobre nós. Tudo começou aí, no dia em que descobrimos o que se passava contigo. Aguentei tudo, sempre com um sorriso que te animasse, embriagada em ansiolíticos. Foi tudo natural depois disso. Desde que não sinta... Só a tua morte não foi natural.

Agora tenho medos. Não queria que a Luísa se envergonhasse de mim, queria que não sofresse. Tenho tanto medo de que me rejeite como de que fique por perto para sempre. Divido-me entre gostar dela e odiá-la. Não suporto que me dê conselhos, mas temo que um dia deixe de dar, que desista de mim. Na verdade, gosto profundamente da Luísa, espero que ela saiba disso.

Não sei o que sou. Só sei que vivo cada dia para o gastar depressa. Volto sempre para o aconchego em que me sinto ligada a ti. Tenho um objetivo: viver para poder acabar. Por enquanto, acabo um dia de cada vez.

Primeiro passo

— É como lhe digo, doutora Luísa. Com a sua capacidade de trabalho, seria uma mais-valia para a delegação do Porto. O setor editorial de lá é demasiado jovem nestas andanças da análise de originais. Ninguém tem a sua experiência e profissionalismo. Tem o perfil mais indicado para formar outros. E olhe que não estou a tentar convencê-la com elogios, sabe bem que é assim que pensamos de você. Vai fazer-nos falta cá, muita falta mesmo, espero que entenda isso. Mas ficaríamos mais descansados e poupava-se muito tempo e muita confusão.

Recordo o dia em que começamos esta vida separada e comum.

— Ainda só estou em Lisboa há três anos. Mudar-me outra vez... não sei.

— Pense melhor, não me responda já que não, peço-lhe.

— Eu penso, eu penso...

Estou a contar-te isto, e tu pareces baralhado.

— Não disseste logo que sim?

— Não posso, Duarte, e tu sabes bem o porquê...

— Por causa da tua prima? Se ela sonhasse, ouvias das boas...

— A Alda gastou imenso dinheiro nas nossas casas, deu-me uma hipótese que eu nunca teria. Estes anos têm sido bons para mim, e posso ajudá-la, não vês?

— Não, por acaso não vejo como é que a estás a ajudar. Desculpa a sinceridade, mas essa ideia existe apenas na tua cabeça. Acho que só a manténs para que isso te alivie o remorso de não conseguires fazer nada da Alda. Estás a enganar-te. Ninguém pode ajudá-la.

Zango-me. Tu mostras-te ofendido e empurras o café para longe. Não tocaste nele. Ameaças mesmo que a nossa amizade começa a descambar por causa do assunto recorrente: a Alda. Dói-me muito esta tua ameaça, mas algo me diz que estás só a provocar-me. Não tenho coragem para te dizer tudo. Não sabes a dimensão do problema. Não sabes a dimensão do meu medo de que não seja só uma ameaça. Não fazes ideia da dimensão do meu medo de que tenhas razão, que não possa fazer nada por ela.

— Tu achas que eu não sei, mas talvez saiba mais do que tu — atiras.

E levantas-te, afastas-te, não olhas para trás.

És tolo, penso. Como se pudesses adivinhar o que se passa lá em casa, nas duas casas separadas que se juntam quando tudo se estraga. Não fazes ideia. Só olhas para mim quando abres a porta do carro. O rosto vincado pela zanga, talvez uma tristeza. Sinto que sabes tudo, mas isso não é possível, só sabes o que te conto. Levas tempo a arrancar. Tanto tempo que o café está frio quando o levo à boca. Sabe-me mal. Experimento o teu. Frio. Peço outro e olho para o relógio. É demasiado cedo para voltar, hoje apetecia-me não te encontrar no *hall*, Alda.

Contudo, encontro-te, a ti, nesse olhar vago e gestos lentos. Converso, desconverso, peço ao tempo que não me conserve ali.

Quero passar para o meu lado, mas nunca fico sem o teu problema, que conservo dentro de mim.

Zanguei-me. Contigo, Luísa? Não, comigo.

Guio com pressa de me afastar do café, da conversa, do problema. Bem me avisaram de que as emoções tinham o condão de retirar objetividade ao raciocínio. Sei como ajudar a Alda, se ela quisesse ser ajudada, o que não acontece. Sei o que devo dizer-te, se fosses capaz de me ouvir, mas me calo. Calo uma mentira gigantesca, para não te esmagar. Calo-me por cobardia, porque receio que te possa perder.

Entro em casa. Abro a gaveta, agarro na sequência dos doze passos. Sei o passo que procuro, o nono: reparar danos causados a outras pessoas sempre que possível, exceto se isso significar prejudicá-las. Recordo e reinvento este passo para me justificar na omissão que depositei em cima da nossa amizade. Volto atrás, ao oitavo — um inventário das pessoas que prejudiquei. Sei que o fiz, esforcei-me por reparar todos os danos, mas deixei-te de fora, Luísa. Não deste por nada no início, nunca me viste dentro do álcool, só te procurei depois. Reforço a ideia que me justifica a mentira: se falasse agora, nunca poderia reparar os danos que isso te faria.

Arrumo de novo tudo na gaveta. Agarro no saxofone. Foi à música que entreguei o poder de me reparar, que me entreguei. Toco de olhos fechados, improviso a vontade de ser sincero e o medo que se isso desperta em mim. Embriago-me com a melodia que sem aviso me transporta para outros lugares, outros rostos, outras passagens.

Quando paro, a noite chegou. Demoro-me a limpar o saxofone, como se me limpasse por dentro, num ritual que já antes me ajudou. Liberto-me. As ideias misturam-se numa associação inesperada que traz consigo um projeto. Penso nele, enquanto as mãos repetem os gestos rotineiros. Por fim, agarro num papel e começo a escrever o conceito, o público-alvo, possíveis músicos para me ajudarem. Anoto as necessidades de espaço, tempo e dinheiro. Penso nos parceiros, quem sabe se os autarcas não seriam os melhores de todos? Levar o *jazz* a músicos de outras áreas, descobrir talentos, criar novos caminhos.

Percebo que é no último dos doze passos que construo as minhas acções, partilhando caminhos com quem os queira conhecer. Olho para o telefone. É demasiado tarde para te ligar, Luísa, espero que nunca seja demasiado tarde para te resgatar.

Apalpo a cara. Dói-me. Quero explicar como caí, mas a língua embrulha-se no álcool que me atirou ao chão. Aqui ninguém me conhece, penso. Espero enganar-me noutras coisas, mas não nesta. Um rosto familiar aproxima-se, aflijo-me. Afinal enganei-me.

— Doutora Alda? Lembra-se de mim? Fui sua aluna.

Sorrio com dificuldade. Talvez a desculpa da cara amassada me permita esconder a língua embrulhada. Ela finge-se dentro do jogo.

— Já consegui avisar a sua prima. Vem a caminho, não se preocupe.

Preocupo-me sim, quem é esta para avaliar se me devo preocupar ou não? Já sei como vai falar. Entra por aquela porta com umas olheiras enormes, como se tivesse sido ela a cair, a querer que me arrependa, quando a única coisa de que me arrependo é de a ter posto a viver ao meu lado. Paro. Nem sei o que penso...

Olho para o relógio. Já devia ter chegado a casa, apanharam-na no telefone preto e pesado. Vai apanhar trânsito até cá, tenho mais meia hora para descansar.

Aparece um rapaz novo. Fala muito. Pergunta se pode coser o canto do lábio. Encolho os ombros, tanto me faz. Foi pena não ter caído mais perto de casa. Uma noite seria suficiente para curar tudo. Anestesia-me a bochecha, tem mãos firmes, lembram-me das tuas. Operavas sem hesitar, mesmo quando a ânsia de resolver uma urgência te acelerava o coração. Uma ruga na testa e concentração, era só disso que precisavas. Nunca falhaste, mas receavas sempre. Recear, ou sentir a responsabilidade? Não, não receavas.

Que idade terá este rapaz? É mais novo do que a Luísa, parece-me. Mais confiante, isso sem sombra de dúvida. Fala demais. Cansa-me. Não respondo, mas sei que já entendeu a razão para a língua não me obedecer. Não comenta, eu também não. Preciso de arranjar forças. Não tarda nada, a minha priminha chega com a sua bagagem de recriminações e ideias para resolver isto.

— Existe um problema crónico?

Baixo os olhos, a médica compreende para lá do que lhe digo.

— Já procurou ajuda psiquiátrica?

— Sim, claro. Tem um médico a segui-la há vários anos, por insistência. Não sei se será suficiente, mas tem.

— A vontade de parar tem de vir da pessoa, penso que sabe isso.

Aceno que sim. Podia dizer-lhe quantas vezes já te expliquei o mesmo, quantas vezes já me prometeste que tudo iria acabar. Tenho dificuldade em ouvir o que a médica aconselha. Na minha cabeça dançam as memórias daquele primeiro jantar, depois de arrumados os caixotes. Uma alegria demasiado exuberante e um hálito acre do teu lado. Do meu, aquele desconforto pressagiado. Bebeste um sumo de laranja, eu também. Fizeste de tudo para que eu não percebesse. Mas não foi nada eficaz, tal como nunca é toda a ajuda que tento dar-te. Os anos vão passando por nós. Nada avança.

— E para si?

Sobressalto-me. Para mim?

— Os familiares também precisam de acompanhamento.

Desconverso. Ela insiste. Diz que basta olhar para mim para perceber que sofro. Irrito-me, mas só por dentro. Agradeço-lhe a preocupação.

— A minha preocupação não a leva a lado algum. Trate de si.

— Prepara-se para regressar ao trabalho, mas ainda acrescenta uma coisa: — Seria interessante não a visitar hoje, posso deixá-la internada até amanhã. Quer experimentar?

Não consigo. Engulo o nó que a garganta teceu e entro no quarto. Primeiro viras a cara. Depois choras. A seguir tento confortar-te, quando me apetece gritar que está tudo descontrolado, do teu e do meu lado. Acabamos em silêncio, no meu carro, a caminho das nossas casas separadas e juntas por aquele *hall*. Calculo que durmas toda a noite. Eu não.

＊

Acorda-me ao enfiar a chave na porta. Cerro os dentes. Ainda não decidi se gosto ou detesto que ela faça isto, que entre na minha parte da casa sem bater. É minha.

Fala muito baixo, tentando perceber se estou bem sem me acordar. Faço-lhe a vontade, finjo que durmo. Respiro de forma tranquila, para que a tranquilidade passe para ela.

Percebo que não a quero ver preocupada. Comovo-me por segundos. Estranho.

Novo rodar da chave, agora para sair sem barulho. Suspiro fundo, estou sozinha. Mais uns minutos, a porta que dá para o patamar fecha-se, o elevador chega. São doze andares até à rua. Imagino mentalmente a descida. Já deve estar a entrar no carro. Vai conduzir depressa, não quer chegar atrasada, mas nunca na vida se atrasou. Eu também não. Pontos comuns da educação que partilhamos, embora separadas por muitos anos.

Hoje não dou aulas, a enfermaria está encaminhada, amanhã irei munida de uma história credível. Não duvidam de mim. Tenho a certeza de que não imaginam nada do que se passa fora daquele espaço. Melhor assim.

Levanto-me devagar, a cabeça estala. Procuro na cozinha o pacote de papa que comprei há dias. Recompõe-me e não preciso voltar a comer tão cedo. Engulo o analgésico antes da última colher. Uma tontura mostra-me que devo deitar-me de novo. Espero adormecer para conseguir apagar as memórias de ontem. Ingenuidade minha. Aí estão elas.

O que mais me custa recordar é a humilhação. A princípio, todos julgavam que fora uma queda aparatosa. Quando viram as ideias baralhadas no cheiro do álcool, deram dois passos atrás. Não foram passos físicos, foram dos outros. Nem precisei olhar para eles para saber que os olhares se cruzavam em comentários surdos. Chamaram uma ambulância. A partir daí, calculo que tenham começado a dizer frases sobre mim, frases gritantes de indignação. Se soubessem o porquê, se soubessem que não posso viver sem ti. Imbecis…

Viro-me para a parede. Agarro-me ao teu casaco de lã, está sempre aqui neste canto. Podemos ficar assim os dois, entrelaçados no que fomos. Agrada-me a ideia. Surge também outra, mas rejeito-a, rejeito o aliciamento com que me desafia. Desta vez escondi as garrafas num armário da cozinha, para que a Luísa não as encontre. Talvez devesse ter voltado ao primeiro esconderijo, não acredito que ela pensasse em procurar ali. Mas hoje não, não lhes toco.

Um sobressalto faz-me ficar alerta. Que dia é hoje? Terça ou quarta? Quarta... Que susto, pensei que a dona Lena vinha hoje. Amanhã, quando vier, estarei bem longe.

Guardo a chave no lugar de sempre. Contudo, ao fechar a gaveta, abro uma série de considerações que me impedem de fechar o assunto por hoje. Uma delas violenta-me por dentro: a certeza de que tu estavas apenas a fingir-te adormecida. Há uma outra, ainda mais poderosa: desejei com todas as forças que estivesses adormecida. Por último, a pior de todas: agonia-me este teatro que representamos sem ensaiar, numa sucessão de cenas que não são improvisadas mas sim desejadas.

Carrego a pasta e o cansaço até à editora. É ao subir as escadas que me encontro de novo com aquela parte da vida que é só minha. Será só esta? Duvido, mas hoje sinto-me assim. Agarro-me a cada tarefa para me embriagar de trabalho, para esquecer o que ficou em casa. Serei assim tão diferente de ti, Alda?

Mergulho nos enredos ficcionados por outros. Descarrego em cada palavra lida, escrita ou editada a minha necessidade de te esquecer por instantes, sabendo que estás sempre presente. Baralho-me nos enredos que teci para mim mesma, pois apareces em todos. Guardo-me na certeza de saber que estou presa à tua história, presa para sempre. Para sempre? Volto às palavras dos outros.

— E esse poderia ser um diagnóstico a incluir, então...

— Exatamente, João, muito bom esse seu remate. Nunca se deve descartar essa hipótese. Penso que entenderam o que vos queria dizer.

Várias vozes concordam e oiço aquele barulho — já perceberam que cheguei ao fim. Agradeço-lhes a paciência, mas é uma manobra de charme. Agradecem-me a aula, saem a conversar.

Há dois que ficam para trás, conheço-os bem, e adivinho sempre estas conversas fora da matéria. Talvez um dia chame a rapariga para trabalhar comigo.

— Magnífica aula, doutora Alda, como sempre…

— Não diga isso, João, vocês puxam por mim!

— Vínhamos os dois a dizer o mesmo, quer dizer, o mesmo ao contrário — comenta Rosário, envergonhada. — Estas aulas encantam-nos, puxam por nós, acho que é a única professora que nos deixa assim. Começo a pensar que a medicina interna é a minha área preferida.

— Não decida já — aconselho, disfarçando a intenção de a ter ao meu lado. — Que seria de nós sem os conhecimentos da radiologia? Juntar duas paixões é que será o segredo. E a ecografia já revolucionou o diagnóstico.

— Eu inclino-me mais para a ortopedia — diz João, enquanto eu sorrio por dentro. Nunca duvidei de que iria para uma especialidade mais… atlética. — Ou reumatologia.

— Ah, a especialidade do desconhecido… — ele entende o que digo. — Prepare-se: cada pessoa, um caso. Tentativa erro, tentativa erro… Sabemos tão pouco.

— Como em tudo — diz Rosário, citando-me com classe. Cada pessoa é um caso, não é verdade?

— Como em tudo… — reforço. Ainda esboço uma frase, que cai. Lembro os tempos de clínica. Sempre me pareceu que ouvir era mais importante do que medicar. Tu eras igual, mas falavas menos. Afastei-me do consultório quando me deixaste sozinha na vida, era demasiado difícil. A tua história matou-me a capacidade de ouvir. As histórias das pessoas invadiam-me sem aviso. Tudo porque preciso de manter viva a tua história, pois é nela que vivo.

— Que raio de acidente — comenta João. — Tem muitas dores?

— Não, não, é mais o aspecto, nem se preocupem com isso. É o que dá andar a pensar em vez de olhar para o chão. Uma vala aberta, e eu com a cabeça na lua.

— Podia ter sido pior — atalha Rosário. — Admiro-a tanto! Depois desse acidente, dá-nos uma aula espectacular!

Sorrio, mas desejo que agora me deixem em paz. Vou dar ainda uma volta à enfermaria, só depois poderei regressar a casa. Já só falta a sexta-feira. Depois, um fim de semana merecido, penso. Ou será que não o mereci?

*

Esfrego a testa, esforço-me por me conter, mas não sou capaz. Encosto-me à cabine.

— A responsabilidade é dela — recomeço, enquanto olho pela janela e sinto o que me dizes.

— Eu sei...

— Às vezes, parece que não, Luísa. Essa médica tinha razão quando te disse para a deixares lá de um dia para o outro, talvez isso mexesse com a tua prima, a fizesse...

Interrompes-me.

— Mas achas que eu era capaz, Duarte?! Parece que não me conheces...

— Conheço muito bem, até. Queres fazer tudo por ela, nem lhe permites ter consciência da degradação em que está. A Alda precisa de se sentir desapoiada para cair em si.

— Que sabes tu disso?

Não respondo. Sei muito. Os segundos que interrompem a conversa magoam-te, também sei disso. Despedes-te com um carinho pouco sincero no momento que antecede o fim da ligação. Tenho mais moedas, mas a vontade de falar mais chegou ao fim.

Regresso à sala de ensaios, peço desculpa ao grupo. As partituras espalhadas tentam distrair-me do assunto, mas ficou um aperto no estômago que não se distrai. O Joka ri-se de mim:

— Parece que levaste uma sova, pá!

— Chatices...

— Namorada nova? — interroga-se o Miguel, enquanto ajeita o banco do piano.

O Joka aplaude com as baquetas no ar, e o Paulo executa no contrabaixo uma música lamecha e desafinada. Gozam com o assunto.

— Antes fosse… — E dou por terminada a conversa, já com o saxofone nas mãos. — Ensaia-se, ou quê?

— Ensaia-se — ordena o Joka, piscando-me o olho.

Desligo o telefone com um forte arrependimento. Não, Duarte, não é assim, apetece-me gritar. Nem sei porque te deste ao trabalho de telefonar. Também não sei porque me dei ao trabalho de te contar a queda e o episódio do hospital, já passaram tantos dias. Mas não resisti. Sinto que as coisas que me acontecem precisam de sair de mim para outros. Talvez esteja errada.

Chegas a casa com o passo um pouco incerto, Alda, com uns óculos modernos, enormes, redondos, que passo a odiar neste mesmo instante. Encontramo-nos no *hall*. Maldito *hall*. Ou maldita eu, que podia não ter aberto a porta para te ver chegar.

Encostas-te à ombreira da tua porta e falas. Contas como os teus alunos adoraram a aula, como te acham o máximo. Ris-te ao confessar que te sentes mal por dizeres estas coisas, mas que também não podes esconder o orgulho no que fazes.

Hesito se devo contar-te a proposta que puseram em cima da minha vida, esta que não consigo arrumar, e em que mexes todos os dias, baralhando-me neste meu papel que aceitei. Pondero as razões. Contaria para te sentires orgulhosa de mim, ou seria para te ameaçar de que posso ir-me embora? Como não descubro a tempo as razões, não digo nada. Prefiro falar do autor que tenho a meu cargo, um miúdo de vinte anos com uma escrita de velho sábio. Não tenho bem a certeza se isto te interessa. Alguma vez guardas o que te conto?

Entramos, cada uma na sua casa. Apetece-me ligar de novo ao Duarte, mas podes levantar o auscultador e ouvir a conversa. Não arrisco. Um som de garrafas chega-me do outro lado da cozinha, da tua cozinha. A raiva toma conta de mim, e impeço-me de tomar conta de ti. Hoje não. Hoje quero estar sozinha a reler o meu livro preferido.

As horas avançam em mim, mas a leitura não. Perco-me em frases ensaiadas para te castigar logo de manhã. O coração acelera quando imagino a coragem que preciso de construir antes de as dizer. A pouca vontade desacelera-me o ensaio. Sei que nunca as vou dizer como queria. Sei que quase não vou dizer nada do que me parece correto agora.

Ligo o televisor. Um bocado do noticiário já se perdeu. Falam de como estes nossos anos oitenta são marcos de evolução. Talvez sejam. Começaram as obras para expandir a linha do metro. Desinteresso-me. O apresentador continua, mas os pensamentos voltam para ti. Encosto o ouvido a esta parede. Partilhamos três: a da cozinha e a da casa de banho — temos canalizações siamesas, talvez mais do que isso —, e esta da sala, estreita, a estreitar os nossos hábitos de descanso. Parece-me ouvir de novo o tilintar das garrafas, mas fazendo mais pressão sobre a parede, já só encontro o desconforto do ouvido esmagado.

Prefiro desligar tudo, ir para o meu quarto. O telefone toca. Dou-te tempo para o atenderes, mas não o fazes, parece-me. Levanto o auscultador. Falas antes de mim. A voz entorpecida não entende o que te perguntam. Tomo as rédeas da resposta:

— Desliga, Alda, é a minha amiga. — um clique separa-me de ti. A Filipa espera, em silêncio.

— Estás aí?

— Claro. Era a tua irmã?

— Prima.

— Pois, prima, troco sempre.

— Era, devia estar a dormir em frente do televisor, não está a dar nada de jeito — minto, ou talvez nem tanto. — Então? Conta.

— Vou organizar um jantar amanhã, podes vir?

— Amanhã? Acho que sim…

— Achas, Luísa? Que raio de resposta.

— Posso, claro que posso. A que horas?

— Sete. É domingo, fica tudo com medo de dormir pouco, assim resulta melhor. Não precisas de trazer nada, eu e a Joaquina tratamos de tudo.

— Isso não é justo…

— Deixa-te de coisas. Somos nós as três e talvez o Raul.

— Já não o vejo há séculos!

— Não sonhes muito, não me atende o telefone, pode estar fora. Mas nem que seja só conosco, fazemos o jantar, concordas?

— Em absoluto.

Enquanto nos despedimos oiço um clique. A fúria apodera-se de mim. Estiveste a ouvir-nos. Será que me vais impedir de jantar com as minhas amigas? A pergunta afunda-se dentro de mim. Tu... ou eu? Qual de nós condiciona a outra? O mais provável é que façamos tudo sozinhas, penso — condicionamo-nos mutuamente.

Se o Raul não aparecer, talvez lhes conte do acidente. Ou não... Durmo mal, de novo.

Preparo a cena. Não quero que a Luísa deixe de ir ao jantar. Até me sabe bem que vá. Ou talvez não. Saí cedo, comprei-lhe fiambre e húngaros. Não, não foi isso. Saí cedo, comprei-lhe uma compensação esfarrapada em forma de desculpa.

— Como te sentes?

A pergunta é de cortesia, mas deixo que a faça.

— Estou muito bem. Olha, trouxe-te isto.

Estendo-lhe o saco com os dois pacotes. Estendo-lhe a desculpa. Estendo-me ao comprido nesta relação que a vida estreitou quando éramos miúdas.

— Não precisas sempre me oferecer coisas, Alda.

Eu sei, mas não digo isso. Prefiro um sorriso satisfeito, um desses que rasgamos sem querer quando nos esfarrapamos em desculpas. Às vezes são sinceros. Sorri também, e também sei que lhe cortei uma frase ao trazer-lhe o que gosta.

— Hoje devo ir jantar com a Filipa.

— É verdade! Ontem estava meio a dormir, nem percebi que era ela... Diz-lhe isso, não vá pensar que eu... que eu estava a ser malcriada.

Admiro mais uma vez a forma como ambas encenamos este jogo de enganos. São quatro, ao todo. Eu engano-a, ela engana-me, ela engana-se, eu engano-me. Não se aproveita nada, ou melhor, aproveita-se esta mistela que parece uma conversa sem o ser.

— Foi o que eu lhe disse. Queres entrar? Fiz um arroz para o almoço, acho que dá para as duas.

Bem me parecia, penso. O cheiro já me alertara, não vou desperdiçar a hipótese de alguma trégua. Ela sente-se impelida a convidar-me, eu não me importo de aceitar. Escuso de voltar a sair.

Comemos rodeadas de tantos silêncios que acabo por me arrepender de estar ali. São silêncios estranhos, pois nada do que dizemos serve de conversa, como se, a cada palavra, apagássemos o seu significado. Estará a tomar balanço para falar da queda? Está... Tomo a dianteira. Assim, é ela que dá a queda, para dentro do que digo.

— Queria pedir-te desculpa por causa disto — aponto para a cara.

— Não precisas. O que precisas é...

Corto-lhe a fala. Sou eu que digo, não quero que inverta o que planeei:

— Vou na terça a uma reunião dos Alcoólicos Anónimos (AA).

— A um grupo diferente? Ou ao mesmo?

— Já te expliquei que aquele outro grupo era estranhíssimo...

— Pois já.

Reafirmo a minha convicção. Aquelas pessoas não funcionavam. Eram todos uns trastes. Ninguém tinha ideia da dimensão do meu problema. Ninguém. Acham que os problemas de todos são equivalentes, quando isso é impensável, obcecados em falar de vício. Alguém teve um amor como o nosso? Alguém sabe o que é perder uma alma gémea? Duvido.

— O que eles queriam dizer — tenta a Luísa — é que há sempre uma razão, há sempre um gatilho. Para cada um tem o peso que...

— Não!

Fui brusca de mais. Ela falou em gatilho, eu disparei. Quase se assustou. Leio-lhe nos olhos uma desilusão, ou será receio? Se tu me ajudasses a entendê-la... Bem me dizias que a Luísa é uma pessoa complexa. Quando julgo que já a conheço bem, perco-a de novo. Sempre me disseste isso.

— Bom... Vou a outro grupo, disseram-me que tem pessoas mais evoluídas.

Não responde. Tem os olhos no prato. Como está vazio, assim ficou também a sua vontade de me responder. Chegou o momento da retirada. Recusa a minha ajuda para arrumar a loiça, não insisto. Um alívio enorme atinge-me ao fechar a porta, a minha porta.

Olho-te na fotografia da sala. Era verão, remavas num barco de borracha. Ninguém entende como é viver sem ti. Ninguém. Vou devagar até ao esconderijo. Ainda tenho duas garrafas, chegam para hoje. Bebo pelo gargalo. Bebo muito.

✳

Um jantar simpático, mas sinto que não devia ter falado deste alcoolismo que vive comigo. O Raul não foi, estávamos só as três. Pareceu-me boa ideia desabafar. Carregar isto sozinha pesa-me. Ia dizer-lhes "o Duarte isto e aquilo", dizer-lhes o que pensas, mas não digo. Não és deste grupo de amigos, nunca quiseste ser, Duarte. Contei-lhes tudo menos isso. Cansei-me. Insistiram para que aceitasse o lugar no Porto. Se as tivesses ouvido, Duarte…

Quando lhes expliquei as minhas razões, irritaram-se, Alda. Que estava a ver tudo mal, que não podia suspender a minha vida para tu seguires a tua, quando apenas a destróis. Atribuíram-me a construção de um papel de vítima antes mesmo de o ser. Chorei. Choro com tanta facilidade… Não me entendem.

Crescemos juntas, eu e tu. Foi na tua casa que encontrei a família que eu já não tinha. Era a tua boneca, dizes. Eu acredito. Um bebê de dez meses nas mãos de uma miúda de quase onze anos. Repetes isto sempre que recordamos como foi. Emprestaste-me os teus pais, eu emprestei-me para que fizesses de mim o que querias. Até hoje, como se vê. Hoje, já sem pais nem mães, emprestados ou verdadeiros. Sobramos nós. Dizes que és responsável por mim. Por que será que penso que é o contrário?

Tentei que ouvissem esta nossa história, mas nenhuma delas quis sequer aceitar as minhas razões. É a tua vida, gritam-me. Não fazem ideia de como é, ressalvo, mas apenas reconheço que uso os teus argumentos, Alda, transformando a minha história num caso único. Zangam-se, sinto que estraguei o jantar. Sinto este reflexo no queixo, este tremor, esperando que seja só aqui dentro, que mais ninguém veja. Envergonho-me. Desisto.

Mudou-se o rumo da conversa, embora a minha cabeça se mantenha em ti. O tremor do queixo também. Evito falar. Não consigo evitar pensar. Quando voltar, estarás acordada? Queria que não estivesses. Hesito sobre se devo bater à tua porta. Bateram-me na mão. Não estava a ouvir? Repetiram as palavras perdidas, fui-me esquecendo de ti. É nesse esquecimento que cresce o remorso. É nesse esquecimento que o tremor se desvanece.

Arrumo a roupa para o dia seguinte. Mais uma reunião com o gênio… Gostaria que ele fosse menos impulsivo. Raciocino: se fosse, talvez não escrevesse assim. Preciso de lhe dizer como pode melhorar o primeiro capítulo. Espero que me oiça. É no primeiro capítulo que se deita tudo a perder… ou a ganhar. Como no último, o que fica na memória. Mas esse está perfeito, o primeiro é que não. Talvez me oiça.

Comigo terá sido ao contrário? Falhei o início, ou estou a falhar o fim? Regressas ao meu pensamento, Alda. Rejeito-te. Tento descontrair o queixo. Consigo.

Deixo a pasta à porta, com tudo pronto. Preparo a chávena do café, a tábua do pão, os talheres. A manhã apanha-me sempre lenta. Só quando durmo muito é que não. Há quanto tempo não durmo bem? Já nem sei, só sei que passou demasiado tempo.

Agarro no livro que a Filipa insiste que eu leia. Uma metáfora da vida explicada através dos contos. Rejeito logo o conceito, detesto livros de autoajuda. No entanto, a escrita seduz-me. É leve e profunda em simultâneo, surpreende-me. Talvez me fascine tanto como o último capítulo do gênio. As escolhas, sempre as escolhas. Dizem as autoras que temos de escolher o nosso caminho. Ah, sim?, apetece-me perguntar: e quando nos atrapalham o caminho? Fazemos como? Fecho o livro, mas não o assunto. Adormeço dentro dele. Não vejo nenhum caminho, nem encontro escolhas, não sinto nada, sentindo tudo.

Sinto remorsos por ter dito o que disse à Luísa. No entanto, sei que não sou pessoa para voltar atrás com a palavra, mesmo quando sei que não foi verdadeira.

Encontrei-a à entrada, num daqueles dias em que a sinto regressar mais motivada, a construir a sua carreira, a tentar andar em frente. Esta visão foi demasiado forte para mim, embora não me orgulhe disso. Atirei para cima dela projetos que não penso cumprir — ir trabalhar na ajuda humanitária em África foi apenas uma das ideias. Atiro-lhe que ela não gosta de mim, só assim se justificando tanto rancor. A perplexidade da Luísa deu-me alento para continuar.

Uma conversa que não demorou mais do que alguns minutos, mas que me fez usar um lado de mim que não domino na totalidade. Chantageei-a, obriguei-a a pôr-se no meu lugar, sabendo que não a faço feliz. Perguntei-lhe se por acaso sabia o que era ter consciência de que lhe estrago os planos. Joguei forte.

— É que eu preocupo-me contigo! — digo.

Afligiu-se, mas não tanto como eu programara. Queria que me suplicasse que não dissesse coisas destas, mas não o fez. Saberá que nunca embarcaria em nenhum desses projetos? Saberá que pretendo apenas amaciar-lhe as críticas e os sermões?

Saberá que gosto realmente dela?

Segundo passo

A sessão de lançamento acabou tarde, muito tarde. Não pensei que aparecesse tanta gente. Imaginei-me naquela posição, ao lado do meu geniozinho, a apresentá-lo e a ouvi-lo falar do seu primeiro romance. Já tenho na cabeça tantas frases para dizer... Faço como sempre. As frases nascem, ficam cá dentro, nem tenho bem consciência delas. No dia certo, saem.

Hoje foi a vez do Inácio. A autora que ele apresentou tem uma obra muito vasta, ninguém arriscou nada, nem ele, nem ela, nem a editora. Depois de três anos sem publicar qualquer romance, só fazia sentido ter a sala cheia. Uma fila interminável para autógrafos, fotografias. Um bom lançamento, sem dúvida. O do gênio não será assim; talvez só o segundo.

O estacionamento está quase vazio. Não ligo o carro. Deixo-me ficar a olhar para as janelas anônimas destes prédios da avenida de Roma. Sombras que se aproximam e afastam dos cortinados, uma luz que se acende, para se apagar logo de seguida. Uma persiana a ser baixada antes da hora chama-me a atenção.

Antes da hora... Que parva! Como se houvesse uma hora para baixar as persianas. Havia, sim, uma hora a partir da qual não se baixavam nem se subiam. O pai da Alda era muito rígido nisso. Não se incomoda os vizinhos, dizia. Nunca podíamos falar alto nas escadas, o que nos dava uma enorme vontade de transgredir. Não se puxava os autoclismos de noite, pela mesma razão. Às vezes, como era mais nova, comentava:

— Mas a vizinha de cima faz barulho de noite, pai!

Aquele pai emprestado, com uma paciência sorridente, dava-me algumas explicações insuficientes, como aquela segundo a qual havia pessoas que não eram tão bem-educadas como nós duas. Inchávamos de orgulho, éramos perfeitas.

Um arrepio traz-me de novo ao carro e aos prédios. Como será a vida das pessoas que os habitam? Voltarão todos os dias, como eu, para uma casa separada mas junta num problema? Saberão o que é viver perto de um alcoólico? Onde andam essas pessoas, pois não conheço nenhuma?

Imagino-me na minha antiga casa. Um estúdio minúsculo com infiltrações nos cantos, um terceiro andar sem elevador, tanto nos dias em que é fácil subir como naqueles em que custa. Mas não tinha outro tipo de infiltrações. Estou a pensar mal. O problema já existia, eu é que estava longe. O problema não se infiltrara tanto em mim, talvez isso. Agora tenho elevador, para os dias todos, mas custa mais a subir, muito mais. Custa todos os dias.

Dois jovens abrem uma janela e ficam ali, à conversa, com dois cigarros, agitando-se nos momentos em que pingos grossos de chuva os escolhem como alvos. Riem-se. Deve ser bom rir assim. Ou também terão uma sombra por perto? Devo ser eu que não sei lidar com esta sombra que me pertence.

Por que é que isto se infiltrou em mim?

Por que será que me sinto uma vítima?

Por que será que, logo de seguida, me sinto culpada?

Dou à chave. O carro vacila, depois pega. Sigo para um décimo segundo andar com elevador para todos os dias e uma porta de acesso a duas casas separadas. Casas separadas com infiltrações comuns, de parte a parte. O lugar no Porto surge na minha mente. Afasto-o. Agora não posso pensar nisso. A chantagem que usaste para me provocar e na qual não entrei aparece. Não acredito em nada do que disseste, Alda, em nada! E as infiltrações avançam.

— Eu não quero que me peças desculpa — diz-me ela, mas parece-me uma mentira.

— É o mínimo que posso fazer… Já me fartei de estragar coisas entre nós.

Cairá na jogada? Cairei eu? O que pensei ser uma chantagem disfarçada é mais verdadeira do que julgava antes de abrir a frase.

— A tua cara está bastante melhor.

É preciso dizer que admiro a forma como a Luísa muda de assunto. Não mudou completamente, mas aliviou a cena das desculpas. Agradeço-lhe por isso, aqui dentro, não o exteriorizo. Pressinto que há mais coisas para serem ditas nesta conversa que nenhuma de nós quis começar.

— Esta semana tens aulas?

— Tenho só na sexta. Um caso clínico, um daqueles casos lindíssimos.

— Quando dizes lindíssimo vejo logo a pessoa a caminhar para a cova, Alda...

— Enganas-te. Este vai ser curado, as melhoras serão mais rápidas do que se pensava, é cá uma ideia que eu tenho...

— Costumas acertar.

— Espero que sim.

Falo-lhe do caso. Metade das palavras que uso não são inteligíveis para ela, mas mantém-se atenta e a ouvir. É educada, sempre foi, sempre fomos. Estou a matar o tempo e o incômodo que resulta das nossas conversas, mas disso ela sabe melhor do que eu.

— Estou a maçar-te? — pergunto.

— Não, não. Percebo muito pouco, mas dá para ler nas entrelinhas que o homem se salva. — ri-se, quase descontraída. Conversa de médico...

— E tu? As coisas lá com o gênio?

— Ouviu-me, acreditas? Refez o primeiro capítulo todo, em dois dias! Está tão bem feito que até me comovi. Telefonei-lhe logo. É novinho, fica numa excitação quando lhe fazemos elogios. Tenho pena de o perder se for para o Porto. Para o Porto?! Quando e a que propósito? A Luísa no Porto...

— Vai para o Porto, o geniozinho? — tenho de lhe permitir emendar a frase. Percebi que se arrependeu assim que a disse. E não podes trabalhar com ele a distância, Luísa? Foste tu que o lançaste, não foste?

— Pois fui, quer dizer, vou ser... Claro que posso.

A coragem morreu-lhe nas mãos. O que me irrita é este bater mais forte do meu coração. Sei que às vezes desejo não a ter aqui ao lado, mas não é bem a realidade. Será que ela sabe o quanto significa para mim que viva perto? Se calhar, não.

— Tenho tanto orgulho em ti! Acho mal que não digam quem é que o descobriu... Devia vir nos livros. Eu vou dizer a toda a gente.

— És mesmo exagerada, Alda, não te conténs!

Era só o que faltava!

O telefone toca. Espero que seja para ela, espero conseguir escapar-me para o meu lado. Felizmente, é. Faz um gesto como quem pede desculpa, aceno-lhe um adeus e saio. O que ficou por dizer talvez nunca chegue a ser dito. Ainda bem.

Atiro-me para cima da cama ainda vestido. Dói-me o corpo, mas estou quase eufórico. O convite para o Cascais Jazz veio lançar-nos para um patamar diferente — seremos a banda mais importante da segunda noite. Há um sorriso aparvalhado colado à minha cara. Não me apetece desfazê-lo. O Miguel ficou logo em transe, agarrou na agenda e começou a marcar ensaios e mais ensaios. Só o Joka consegue pará-lo quando descarrila em controlo desenfreado, mas hoje nem ele!

Viro-me de lado, estou exausto. Revejo os temas escolhidos, defino prioridades de trabalho. Começo a ficar mais tranquilo. Imagino a tua reacção quando te disser. Ficas sempre entusiasmada com tudo o que faço. Lembro-me da decisão de ir para a Holanda. Abraçaste-me de repente, sem sequer reparar no quanto isso me alvoroçou, Luísa. Faço contas de cabeça: há quantos anos foi? Eu tinha vinte e cinco anos, não, vinte e sete, foi há demasiado tempo! Uma bolsa que desperdicei, assim como todos os amigos dessa altura.

Levanto-me, reciclo o assunto, quero manter-me na felicidade do concerto que nos foi prometido como se fôssemos cabeças de cartaz. Ou será que já somos? O sorriso regressa, gosto desta patetice de nos sentirmos geniais.

Cheiro a camisa. O fumo entranhou-se na roupa, atiro-a para dentro da máquina de lavar. Decido-me por um banho, mas a água quente não apaga esta vitória. Se não fosse tão tarde, cantava no meio do vapor. E dormir? Como é que se dorme depois de se saber uma notícia destas? Não interessa, amanhã é domingo, quer dizer, hoje. Leio, oiço discos antigos, afasto recordações de passos dados em falso, também rejeito os dados em recuperação. Hoje quero ser só músico.

Vejo o sol aparecer com os pensamentos já baralhados por uma sonolência atrasada. Sei que vou passar muitas horas a recuperar. Sei que adormeço com aquele sorriso.

Volto ao início do livro. Os contos terminam em perguntas, para logo nos mostrarem o que devemos ler a seguir. Fico admirada — o percurso que fiz há dias não é o mesmo que faço hoje. Deixo-me ir. Ao fim de quatro contos, o livro diz-me que devo parar. Fecho-o.

Nunca tinha embarcado em livros destes, nunca os levei a sério. Alguma coisa fazem, sinto-me mais forte. Parece-me que fico mais forte quando sinto que posso fazer alguma coisa da minha vida. Ou então esta vida está a fazer-me sentir forte. Sorrio. Já me baralhei com tanta repetição.

O telefone podia tocar agora, mas não toca. Apetecia-me que o Duarte quisesse ir ao cinema, ou ao teatro, ou só tomar um café. Faço contas ao tempo. Amigos desde o liceu. Ora, se agora tenho trinta e nove, são vinte e cinco anos de amizade. É bonito. Interrompemos as conversas durante quase oito anos, ou terão sido mais? Foram muitos. Nunca cheguei a perceber o que se passou nesse interregno, talvez uma namorada mais possessiva. Eu também andava feita tonta à procura de um emprego digno. O primeiro provou ser o pior de todos, sem horários nem respeito pelo meu trabalho, sufoquei. O segundo, ligeiramente melhor. Estava longe, em Coimbra. Entrar para esta editora foi uma salvação — é grande, com muitas pessoas de mérito à frente de cada departamento. O que sofri antes mostrou ser uma vantagem quando aterrei na empresa. Já tinha *estaleca*, como diz a minha parceira de gabinete.

Consigo estar largos minutos sem pensar na Alda. Terão sido os contos, ou fui eu que aprendi a ser diferente? Duvido das duas hipóteses.

Oiço a chave na porta de fora. Sons abafados de coisas pesadas dentro de sacos. Calculo o que seja, mas posso estar a ser injusta. Olho para o telefone e advirto-o: agora não! E ele toca. Raios o partam!

— Sim?

— Doutora Alda?

— Não, não, espere só um bocadinho.

Do outro lado surge uma voz arrastada.

— Sim…?

— Alda? É para ti. Vou desligar.

Mas não desligo. Primo o botão, para logo o deixar solto. O auscultador continua no meu ouvido. Não consegues articular as palavras, nem os pensamentos. Fico sem saber como agir. Quem quer que estivesse do outro lado, desistiu. Sinto vergonha, embora nada tenha feito além de espiar. O quê? Sim, vergonha, o que fiz foi violar-te o espaço, Alda. Primo o descanso ao mesmo tempo que tu desligas do outro lado do fio. Depois, com a perícia adquirida pela prática, pouso o auscultador sem que o botão velho dê sinal para o teu telefone vermelho.

Espero que a Luísa não venha aí com a conversa do costume. Ela não sabe nada. Qual alcoólica, eu paro quando quero! Alguma vez faltei às minhas aulas? Alguém no meu serviço desconfia de alguma coisa? Será que ela precisa de mais provas?

Insiste sempre na mesma tecla. Esquece-se de que o problema começou quando tu me deixaste sozinha, vestida de preto e negra por dentro. Isso nunca devia ter acontecido. Ela, melhor do que ninguém, devia saber que tenho razão e razões. Muitas.

Aquilo dos AA… Volto lá, volto. É outro grupo, talvez corra melhor. Há um mês que anda a pedir-me que vá. A primeira frase é logo uma mentira, mas diz-se, ali à frente de todos, não custa muito. Talvez aprendam, com a minha história de vida, o que é sofrer a sério. Não vou ser ajudada, vou ajudá-los.

Saiu. Olho para o relógio — dez para as nove. Talvez vá ao cinema. Podia ter-me dito, caramba, sair assim sem avisar... Estou a exagerar, isso entre nós não é preciso. Nunca vamos ao cinema juntas. A garrafa está quase no fim. Não vou abrir outra hoje. O despertador! Já me tinha esquecido dele... Desembrulho-o num instante. É enorme, redondo e antiquado, é perfeito. Escuso de ter medo de não acordar, o barulho que faz é impressionante. Para dar corda é preciso muita força, livra!

Levanto-me e aproximo-me da luz para ver melhor o ponteiro que marca a hora de despertar — é minúsculo e avermelhado. Vinte para as sete é boa hora. Deixo-o já pronto para o dia seguinte. Depois levo-o para o quarto, agora quero ouvir o telejornal da noite.

Um ruído ensurdecedor arranca-me do sono. Estou baralhada. A televisão faz pouco de mim com aquela mira técnica. O estúpido relógio não se cala. Carrego em todas as saliências, até acertar. Que alívio. Dói-me a cabeça. Por que raio tocou isto agora? Foco melhor a vista. São horas de me levantar. Não cheguei a deitar-me, tudo explicado. Não perco tempo a fazer a cama, concluo.

Endireito-me com dificuldade. Tenho quase cinquenta anos revestidos de artrites. Estou sem ti há seis anos e dois meses. Não era idade para saíres da nossa vida. Sorris-me com os remos na mão. Chove lá fora, chove dentro de mim, mas tu remas, sempre com o mesmo sorriso.

Esbarro na garrafa vazia, que rola pela alcatifa. Hoje vem a dona Lena, é melhor metê-la na varanda, junto das outras. Mas agora não, tenho frio. O banho vai saber-me bem. A papa também. Estúpido do merceeiro: "É para os netinhos?", recordo. Apeteceu-me rosnar-lhe qualquer coisa. Não rosnei, mas àquela loja não volto. Nem posso voltar à do fundo da rua, já me conhecem. Abriu um supermercado na 5 de Outubro. Vou a esse.

A água quente chega finalmente à torneira da banheira.

— Pode atestar, por favor?
— É gasolina, não é, menina?
— Sim.

Ficou desiludido. Apetecia-lhe ouvir um número a rasar um outro, inteiro… Acha que não lhe vou deixar gorjeta. Deixo que sofra. Gosto do cheiro da gasolina. Recosto-me no banco, sempre a observar os prédios. Agora devem estar vazios, com toda a gente a trabalhar. Eu também devia estar, mas ontem fiquei mais tempo, hoje compensaram-me, obrigando-me a sair mais cedo. Sobressalto-me com um bater de dedos no vidro.

— Duarte! Que susto!

— Mudaste de profissão e andas a espiar pessoas pelas janelas?

— Oh, é mania… — Saio do carro. — Que coincidência, eu nunca venho aqui meter gasolina. Que engraçado!

— Não, nada disso. Venho atrás de ti desde o semáforo da Castilho.

— Estás a brincar…

— Não estou!

O homem estende-me as chaves e os maus modos, enquanto me atira o valor a pagar. Só depois sorri, ao ver a moeda a mais que fica nas suas mãos. Volto à conversa.

— Tens tempo? Queres tomar qualquer coisa?

— Por que é que julgas que venho colado a ti há séculos? Claro que quero. És uma amiga muito bera. Quase não te vejo. E és surda, fartei-me de buzinar…

Podia comentar, mas não o faço. Quem é que se afastou, que nunca aparecia nem ligava? Tens uma explicação qualquer que não queres partilhar comigo, e eu só tenho de aceitar isso. Arrancamos, um atrás do outro, a pastelaria é mais à frente.

— Sabes que as vidas das pessoas naquelas casas podem ser melhores ou piores do que a tua, não sabes? Só quem vive no convento…

É por isto que te adoro, penso. Conheces-me bem, adivinhas-me os pensamentos.

— É defeito de ficcionista, mais ou menos. — Ris-te. Sei bem o que significa esse riso. — Não vamos discutir outra vez, pois não?

— Não, é um desperdício de tempo. Muito trabalho?

— Mais ou menos. O livro do gênio entra na gráfica para a semana, estou agora a avaliar outros originais que a editora recebeu.

— Já leste o meu?

— Mandaste um?!

— Ai, Luísa, cais em todas… Não mandei nada! Nem cartas escrevo… E a cena do Porto?

— Disseste que não íamos discutir.

— Eu não estou a discutir, ou estou?

Baixo os olhos. Abraças-me com força e empurras-me logo de seguida.

— Tenho uma amiga muito… como hei de dizer, muito lerda.

— Pois tens. Bera e lerda. E surda, já me esquecia. É obra! — ficas satisfeito com esta resposta. — Não preciso de responder a correr, não vai ninguém para lá, o lugar é só para mim, quando eu o quiser.

— Convencida…

Rimo-nos. Começas a descrever os concertos que tens dado, um no festival de Mérida, outro em Faro, mais um no Porto, o *jazz* parece estar a crescer em Portugal. Desvalorizas o que comento, mostras-me como está tudo por fazer. Fazes reforços na orquestra do Casino, dás algumas aulas no Hot Club, ganhas mais do que o suficiente, explicas. Eu sei que sonhas com outros voos. Tu confirmas isso logo de seguida. Havia uma promessa no ar que se concretizou — um concerto num importante festival, o Cascais Jazz. Vibro com a notícia. Abraço-te. Sempre adorei ouvir-te tocar saxofone, mas os amigos não são bons avaliadores.

— Tu então, nada mesmo! Nunca me disseste: "Hoje não gostei de te ouvir." Nunca.

— O que é que queres?! Gosto sempre!

— Tendenciosa, mais uma característica a somar a…

— Bera, lerda e surda, já sei.

Manténs a conversa longe da Alda. Agradeço-te isso, talvez… Podia falar, tu ouves-me, mas, quando penso em partilhar mais um pouco daquilo que me sacode, o queixo avisa-me, num tremor que detesto. Finges não dar por isso, ou então não dás mesmo. Não sei qual das hipóteses prefiro.

Quando regresso a casa, é noite cerrada. Fico no *hall*, hesito. Por fim decido-me e entro. Entro só no meu lado. Quero adormecer com a companhia das palavras do Duarte.

✳

Custa-me ver o teu queixo que treme quando conversamos sobre a Alda. Posso até adivinhar que pensas em tocar no assunto só por esse reflexo. Ansiedade, frustração, sentes-te presa dentro do problema que queres controlar. Não podes. Nem o queixo consegues controlar, Luísa.

Oiço as partilhas do grupo, revejo-me nas dúvidas, nas recaídas, nos sucessos. Todos os que aqui estão decidiram escolher um caminho para sair do alcoolismo. Todos? Sei que todos os que aqui estão escolheram agir. Temos em comum o vício, mas também a aceitação de que era um vício. Aceitamos igualmente que precisamos de apoio, que palmilhamos sozinhos o incontrolável do álcool em nós e que decidimos dizer "basta!". Sinto-me bem por ter encontrado um ponto final que dura há quatro anos, por ser capaz de o manter, dia após dia.

A Alda. Penso no que me faz sentir que a solução para ela será sempre difícil. Tem um vazio por dentro e assumiu-o como parte de si mesma. Nega o alcoolismo. Mais do que isso, nega poder ser alguma vez feliz depois do vazio que se impôs na sua vida. Nega-se o direito de poder ver um outro caminho.

A reunião termina. Ajudo a arrumar as cadeiras, lavo as chávenas e acondiciono numa lata as bolachas que sobraram. Não falo, e ele nota isso.

— Então?

— Sabes como é, há dias mais silenciosos.

— Pois sei, mas não gosto desses teus dias. — sorrio com uma sinceridade que lhe apaga a dúvida.

— Estava a pensar numa pessoa que conheço, fase de negação, percebes? — esclareço.

— Disseste-lhe para vir?

— Não, sou amigo da prima, lá vou ajudando como posso.

— Fala do teu percurso a essa pessoa, conta-lhe.

E eu desvio a conversa, sem coragem para lhe explicar que nem a essa minha amiga contei. Nunca te contei, Luísa, talvez nunca venhas a saber. Concentro a atenção nas bolachas, que ficam arrumadas como peças de dominó depois do jogo. Ao espreitar, ri-se:

— És mesmo marado! Nunca me passaria pela cabeça encaixar bolachas dessa maneira. Isso deve ser defeito de músico, convives demasiado com as bolinhas pretas encaixadas nas pautas.

Também rio. Fechamos a caixa, a porta, partimos em direções diferentes. E imagino-te, Luísa, como uma peça de dominó que não cabe no *puzzle* que pensas ser o teu.

Sou sempre a primeira a chegar ao serviço. Cumprimento os doentes que se encaminham em passo lento para o banho. Gostam de me ver a esta hora. Isto me revigora. Procuro a enfermeira da noite, uma fada de dedicação e profissionalismo.

— Como está, senhora doutora?

— Bem, enfermeira Lurdes. O doente da cama cinco?

Vejo-a hesitar, adivinho o que aconteceu.

— Morreu de madrugada. Não quisemos incomodá-la.

Sinto uma pancada forte no peito. Enganei-me. O caso clínico lindíssimo transformou-se num ponto final.

— Paragem cardíaca?

— A doutora sabe sempre…

Não sei, não. Desta vez, então, a minha intuição foi derrotada. Parecia um caso perdido e eu descobri uma saída, uma que mais ninguém viu, e falhei…

Vou até à enfermaria. A cama vazia, os outros doentes com um ar triste.

— Não aguentou, doutora, não aguentou…

— Era um problema muito difícil de resolver. Eu disse-lhe que ia ficar bom para ele não se aperceber nem se apoquentar com o fim — minto.

— Foi melhor assim — responde o sr. Vítor, lá do fundo.

— Faça isso com todos, doutora Alda, eu cá não quero saber que vou esticar o pernil a meio da noite.

Sossego-os: era um caso muito grave, todos eles terão alta em pouco tempo. Acreditam, e eu sei que é verdade. Sei? Só não sei como me enganei desta forma. Decepcionei-me.

Vou até à sala dos médicos. Está vazia. Pondero o que se passou e tomo uma decisão: acabou! Repito alto:

— Acabou!

E sinto uma onda de força a apoderar-se de mim. O álcool não é o meu dono, eu é que sou dona da minha vida. Controlo--me sempre que quero. Não fui só eu a acreditar num outro desfecho para aquele quadro clínico, fomos todos. A única diferença é que eu não me engano. Pior de tudo: sei que me enganei por causa do álcool.

Faço da visita dessa manhã um massacre de conclusões e hipóteses. Os internos anotam e perguntam, dão ideias e ouvem as que partilho com eles. A minha lucidez é espantosa, sei que notam como sou firme naquilo que faço. Novos exames para as dúvidas, indicações para as enfermeiras do turno seguinte e da noite. Não esqueço um agradecimento por não me terem telefonado de noite, outro pelo trabalho e dedicação. É assim que funciono, todos sabem disso.

Mas nada apaga a falha, nada.

Saíste mais cedo, e nunca voltas. Vagueio pela tua casa como um espião, Alda. O Duarte estava certo. Pior, é o que sou. Espio-te há anos.

Passo à lupa todos os esconderijos que já descobri noutras investidas, porque os repetes quase sempre pela mesma ordem. Eu repito-os pela ordem em que os descobri. Consigo aperceber-me dos pedacinhos de papel que te poderão dizer se lá fui, deixo-os, assim como todas as garrafas, na mesma posição. Duas garrafas de *gin* vazias, foi isso que bebeste em pouco tempo. Como é que consegues ir trabalhar?

A bancada da cozinha está cheia de pó. As tuas mãos tremem ao fazer aquela papa que te alimenta; ou será que te dá forças?

Por reflexo, abro o cesto da roupa suja. Enjoo-me com o cheiro. Espero lembrar-me de nunca mais me enjoar com o teu cheiro. Enojo-me com a certeza que surge — vou continuar sempre a ser assaltada pelo teu cheiro.

Antes de sair, noto qualquer coisa de diferente ao lado da porta. Parece uma enorme caixa de *slides*, e é. Mas lá dentro... Até onde vai a tua criatividade, Alda? Esconder garrafas nisso? Fecho a porta com barulho. Acabei a inspecção. Acabei de passar estes teus *slides* em mim. O telefone toca. É a Filipa. Quero controlar o queixo e não consigo. Pergunta-me se estou a comer e eu prefiro responder que sim. Parece que a Joaquina bateu com o carro, pede-me que lhe telefone, faz-lhe bem contar como foi. Digo que sim. Não me custa nada. Custa-me não contar o que acabei de ver, mas o queixo não deixa. Nem a Filipa se interessou em telefonar depois daquele jantar. Irrita-me este ressentimento. Não interessa... A memória desencadeia-se em imagens, os teus *slides* — ou serão já meus? Desligo e pego na pasta. Abro as janelas da casa. Não é do meu lado que o teu cheiro se infiltrou, mas faço-o na mesma. O frio corta as divisões, divide-me a revolta. Saio mais calma, mas carrego na memória os cheiros. Estúpido *hall*.

— O meu nome é Alda, e sou alcoólica.

— Olá, Alda...

E a ladainha avança.

O coordenador olha-me numa atitude paternalista, parece-me. Sei que é importante partilhar a minha experiência, muito importante mesmo. Ainda não o sabem, mas aqui vai.

— Conheci o meu marido com dezenove anos, na faculdade de medicina. — vejo que ele hesita entre interromper-me ou deixar-me seguir. Observa os rostos presos em mim. Sabe que tem de me deixar prosseguir. — A nossa relação começou logo...

Estarás a ouvir-me, agora? Repara como conto toda a verdade. Como te acompanhei sempre, e tu a mim. Repara nestes que me ouvem. É fundamental para o grupo saber como nos amamos. Chego depressa de mais à tua doença e à tua morte. Na nossa vida também foi assim, depressa de mais, não foi? Os dois com carreiras brilhantes, um casamento exemplar. Sem filhos, mas isso foi opção nossa. Precisávamos de liberdade para a medicina. O nosso caminho era assim, de dedicação à profissão e a nós. Mas era um caminho que prometemos cumprir juntos, e tu fugiste-me. Abandonaste-me, não foi?

Deves estar um pouco zangado — dirás que não me abandonaste. Não estejas. Eu sei que não podias travar a doença. Curamos tantos, a ti ninguém conseguiu, nem nós. Até nisso a vida foi injusta. Não nos preparamos. A morte veio de repente.

Comovo-me, mas há mais pessoas a comoverem-se à minha volta. Explico-lhes que viver sem ti é um suplício. Alguns acenos mostram que me compreendem.

— Bebo há seis anos e quase cinco meses...

Não estou a mentir. A precisão incomoda-os, sei disso. Conto os dias que te sobrevivi. Os soluços tomam conta de mim. Vês? Vês como isto é, foi e será sempre demasiado para mim?

Sou aconselhada a sentar-me junto dos outros. Olho à volta. Há os que não falam, os que apenas ouvem, emocionam-se. Nunca falam e ninguém os força a isso. Agora é um homem que fala sobre si. Um problema banal, comparado com o meu. Será que não me ouviu?

A reunião acaba. Observo-os, enquanto recitam uma oração que não consigo ou não sei partilhar:

— ... aceitar as coisas que não posso modificar; coragem para modificar as coisas que posso; e sabedoria para distinguir umas das outras.

Não posso aceitar a forma como a minha vida parou, parou-me, não posso!

✳

Estas discussões entre nós não fazem sentido, desafinam o grupo. O controle que o Miguel quer ter sobre todos irrita sobretudo o Luís, que sente a sua liberdade ameaçada em cada chamada da atenção ou crítica. Aquilo que senti de manhã aconteceu — não devíamos ter ensaiado hoje, não depois dos choques de ontem.

Um grupo sem discussões é uma impossibilidade humana, mas não há discussões acaloradas entre nós que resultem em avanços, só resultam em recuos. Tento mediar a troca de palavras, mas acabo por ser engolido pelas frases que me escolhem agora como alvo. O Joka já não diz nada há muito tempo. Decido-me pelo corte. Não um corte com o grupo, um corte com a discussão. Começo a limpar o saxofone, o que deixa todos ainda mais fora de si, mas é nessa raiva que espero encontrar um ponto final. Ignoro as perguntas, fecho o estojo e encaminho-me para a porta. Um silêncio abre-se no exato momento em que me preparo para sair.

— Vais-te embora, é? — dispara o Miguel.

— Discutir para resolver coisas, tudo bem; gritarias destas, não. Vocês desculpem, mas não tenho pachorra para parvoíces.

— Cobarde — atira o Luís.

— Cobarde? Talvez, mas não me apetece assistir a infantilidades por causa de horas e agendas privadas, estou farto disso. Querem discutir coisas a sério, contem comigo. Agora jogos de poder, não.

— Espera aí, Duarte, explica-te — suplica o Joka, numa ânsia para que não o deixe ali com os outros dois.

Fecho a porta ainda do lado de dentro e pouso o saxofone. Encho-me de uma paciência de professor primário, mas disfarço — a última coisa que desejo é irritá-los ainda mais.

— Luís, os teus atrasos são desesperantes, prejudicas todos, mas as tuas investidas de controlador, Miguel, são tão exageradas! São autoritárias.

— Autoritário, eu?!

— Sim, tu. E sabes disso. Não é só o Luís que tem de mudar, és tu também.

— Sim, porque tu e o Joka sois umas almas perfeitas — desdenha o Miguel.

— Essa é boa! Ninguém é perfeito, ninguém. Se estivéssemos a discutir músicas, arranjos, sítios onde tocar, tudo bem. Agora estes joguinhos de poder irritam-me. Até amanhã.

Desta vez, saio mesmo. O silêncio ficou lá dentro, sei que sim. Já só ao chegar ao carro é que oiço os passos inconfundíveis do Luís. Não olho para ele, mas quando me pede que volte à sala, paro, encaro-o e aceito. Sei que as tréguas que agora consegui só durarão algumas semanas, mas é disso que precisamos. Ambos se desculpam, admitem os excessos, querem pôr uma pedra sobre a discussão, e todos aceitamos. Até à próxima discussão, caminhamos num ambiente mais descontraído. Todos viciados nas nossas formas de ser, penso.

Terceiro passo

Arrumo o carro sem grande preocupação. O dístico de médico desarma as multas. Cheguei muito cedo, espero sem interesse no que se vai seguir. Vir aqui todas as semanas? Um dia ao psiquiatra, outro aos AA. Estou a dar valor demais a isto. Eu sei cuidar de mim. Entro quando já chegaram cinco ou seis. Começa a reunião. O coordenador vai falando, as partilhas começam. Esta gente parece obcecada. Parar com tudo, nem sequer ter uma gota de álcool em casa. Uma até fala em beber perfumes, estão todos doentes. Bem me parecia que estas reuniões não me iriam ajudar. Ninguém tem o meu tipo de problema. Eu controlo-me, não ando nas mãos das garrafas, como diz o ruivo. Era só o que faltava.

São mais evoluídos. Já percebi que um é arquiteto, outro parece ter um negócio qualquer de livros, fala muito nos livros, aquela mais velha foi professora, o novito é estudante de qualquer coisa, há um massagista desportivo — é o que conta coisas mais fortes, sofre a sério... Os outros são pessoas normais.

Gosto do coordenador, é calmo e lidera bem esta coisa. Tem aquela pancada de termos de cortar com tudo, não podemos tocar em nada. Sei que, de certa forma, tem razão. Um verdadeiro alcoólico deverá fazer isso. Eu não sou. É sempre essa a grande diferença. Isto não é um assunto maior na minha vida, é um detalhe. Eu estou com as rédeas deste detalhe nas mãos. O assunto maior da minha vida é ter-te perdido, ter perdido a minha vida contigo, e isso ninguém pode emendar, muito menos remendar.

Mau, agora estão a falar nos familiares... Um grupo de apoio para eles? Pode ser boa ideia, nos casos desesperados. Deve ser difícil viver com alguém assim. A Luísa não precisa. Ela sabe o quanto me dói não te ter, ela entende. Temos uma relação normalíssima. Nada a acrescentar.

Por que é que venho? Não sei. Para fazer a vontade à minha prima protetora. Ia ficar assustadíssima se não viesse. Perco muito tempo aqui. Impaciento-me quando lhes explico que o meu caso é diferente, pois têm sempre a mania de que isso é uma ilusão. Soubessem eles como é realmente sofrer.

Para a semana, não venho. Saio à mesma hora, volto para casa à hora que devia, mas escapo à conversa paternalista. Não fazem ideia do que está em jogo no meu caso, estão muito longe de saber...

✳

— Nem sei por onde pegar... — desabafo.

À minha frente, dois molhos. Um de originais acabadinhos de chegar, outro com alguns escolhidos para uma segunda seleção. Já eliminei os piores. A Paula levanta os olhos dos seus papéis e torce o nariz.

— As pessoas agora têm a mania de que são todas escritoras...

— Faz-me pena — confesso. — Se calhar, estão a ir ao correio procurar a resposta todos os dias. Mas alguns são tão maus...

— Eu voto no molho de segunda escolha. Talvez te dê menos trabalho. A julgar pelas tuas olheiras, deves estar com pouca paciência para trastes.

Faço o quê? Disfarço, é a única hipótese.

— Não precisas de me dizer nada — assegura-me a Paula. — Se precisares, estou aqui.

Empresto-lhe um sorriso triste. Já um dia lhe contei por alto algumas coisas. Percebi logo que ficou sem saber o que me responder. Ninguém sabe, nem eu.

Pego no romance que deixei no topo da pilha, lembro-me bem da história, é um ótimo sinal. O problema é a cabeça, que foge entre o que não cheguei a saber sobre os novos AA e as garrafas encontradas. Ocupa-me demais este assunto. Já me perdi de novo.

Levanto-me e trago o original comigo.

— Nestes dias dava jeito ter um pretexto qualquer... — comento. A Paula ri-se. Mostra-me o seu maço de tabaco e o isqueiro, acenando a seguir que desande. Assim faço, direita à enorme varanda de onde posso avistar o movimento da cidade e espairecer. Encostada à parede, retomo a leitura. É mais fácil, penso. O sossego não dura muito.

— Ah, está aqui!

— Passa-se alguma coisa?

— Não, quer dizer, sim, uma coisa boa. O seu geniozinho foi convidado para apresentar o livro num programa de televisão, aquele aos sábados. Vantagens de ser muito novo.

— Isso é mesmo bom, e o livro ainda nem saiu...!

— Tenho uns conhecimentos... — brinca o meu chefe, satisfeito. — Quer ir também? Posso pedir que a convide.

— Não, não faz sentido. Deixe lá o rapaz brilhar sozinho. Eu nem devo achar grande graça a isso de ir falar à televisão.

E lembro-me de que tu terás logo uma reação zangada: "Oh, Luísa, ia ser ótimo!" Não, Alda, para mim seria um castigo.

— Já sei que anda a reler os originais. Algum de jeito?

— Descobrimos o nosso geniozinho assim, não podemos andar distraídos. Este me parece interessante. Precisa de umas mexidelas, mas lembro-me bem da história, isso quer dizer qualquer coisa, não é?

— Quantas páginas?

— Em livro? À roda de cento e vinte... Pouco, certo?

— Um bocado. Talvez se alongue se chegar a trabalhá-lo com ele. Que idade tem ele?

— É uma *ela*. Pela assinatura parece-me uma cinquentona. O meu chefe goza comigo.

— Agora deu-lhe para adivinhar idades pela letra, foi?

Mostro-lhe o papel. Fica surpreendido. Concorda, também não tem dúvidas.

— Bom, lá terá de ser, mas gosto mais de apostar em jovens. É verdade, eu continuo firme nas minhas intenções de a mandar para o Porto, está entendido?

— Está, claro que está.

— Então veja lá se mete essa ideia na cabeça e pensa nela a sério. Olhe que estou cheio de razão! Bom, vou deixá-la trabalhar.

E deixa-me, naquela varanda, a braços com a vista, com o romance, com a ideia e com o vento frio. Talvez esteja na altura de voltar para o gabinete. Rende-me tão pouco o trabalho. Isso irrita-me. Talvez o que mais me irrita seja esta constatação: a vida rende-me pouco.

✳

— Como podem ver na última radi... rado... radiografia, há uma mancha deste lado. Não estava aqui antes — explico.

A voz não me sai segura, mas ninguém nota.

Estou a mostrar os exames depressa de mais, se calhar, ninguém intervém. Os internos escrevem umas notas, não costumam estar tão calados.

— A doutora Alda sente-se bem? — pergunta o chefe de serviço.

Está parvo! Desde quando se fazem perguntas dessas?!

— Ótima, por quê?

Não responde. Vários olhares cruzam-se descaradamente, sinto algum embaraço. O que terá acontecido?

— Passa-se alg... alguma coisa? — é uma frase em tom de desafio, disparada por mim, em rajada e contra todos. Vá, respondam!

— Não, não...

Continuo. Este é um caso complicado e urgente, temos de chegar a uma conclusão hoje mesmo. A terapêutica precisa de ser corrigida. Quero dizer-lhes o que acho, mas as ideias não me ajudam. Ontem me pareceu tudo mais claro. O chefe de serviço toma as rédeas da discussão.

— Dá-me licença?

— Com certeza. — deixo-o falar. Já não era sem tempo.

A reunião clínica continua como se eu não estivesse lá. É estranho, isto nunca aconteceu. Os olhos embaciam-se muito, estou cansada. Levanto-me ao fim de uma hora, falta-me o equilíbrio, aceno-lhes que preciso de ir lá fora. Saio.

O mais importante foi dito, agora eles que mudem a medicação, que corrijam o erro. Apetece-me ir para casa. O elevador vem apinhado de visitas, apertam-me naquele espaço. Chegar ao parque de estacionamento é um alívio. Oiço passos atrás de mim quando já estou perto do carro.

— Doutora Alda? Vai para casa? É um dos internos.

— Vou, por quê?

— Posso pedir-lhe boleia? O meu carro não pega.

Estendo-lhe as chaves.

— Claro, Diogo, claro. Anda sempre a gabar o carro do meu marido. Pois hoje pode guiá-lo. Mora perto de mim, não mora?

— Dois quarteirões à frente. Posso mesmo guiar o seu carro? Sabe como eu adoro este modelo. De certeza que não se importa?

Tanta insistência... Até lhe agradeço, penso. Estou tonta, tenho de regressar depressa a casa. Ainda bem que apareceu. Entusiasma-se com o interior, com a direcção, tão pesada como a minha vida, vai falando como agora as fazem mais leves e nem se incomoda por eu abrir a janela. Não fala do caso, também saiu antes do fim da reunião. Nem sei como lhe permitiram abandonar o barco naquele instante. Fala mesmo muito, eu não oiço. Preciso de chegar a casa.

Fico de pé, ao lado do carro, enquanto ele se afasta. As pernas não me obedecem, não quero que me veja cambalear. A porteira está no seu posto, raios a partam. Se mete conversa comigo, mando-a dar uma volta. Estão a chamá-la, aproveito agora. Malditas pernas... Não devia ter levado nada comigo. Amanhã não levo.

Só mais um relance aos carros estacionados. A Luísa ainda não chegou. Tanto melhor. Era a última coisa que queria, tê-la a fazer-me perguntas quando preciso de descansar. Doze andares é muito, apetece-me sentar no chão do elevador. Que sofrimento... A chave não entra, finge-se torta. Entra, entra... Estava ao contrário. Vou ao sítio. Um último esforço antes de descansar. Que alívio...

O assunto do Porto pesa-me. Se tu me enches os pensamentos, o que sobra é ocupado por isso. Ainda não tive coragem de te contar, embora tenha quase começado. Foi por muito pouco, mas pareceu-me muito no pouco que arrisquei...

Como irias reagir, Alda? Devias sentir-te abandonada. Mais uma vez abandonada. Não consigo.

Como era quando eu não estava aqui? A dona Lena telefonava-me a desabafar. Ou então pedia-me que viesse. Entrar na tua casa, depois dos quilômetros feitos na número um, entre caminhões e ensaios de frases que nunca cheguei a dizer, era entrar neste mundo paralelo, um mundo que me chocava. Choravas o teu luto nos meus braços, com o hálito a contar-me o que negavas, com as tuas lágrimas a fazerem-me vacilar e procurar soluções. Dizia-tas, mas tu mostravas-te ofendida, e eu cedia.

Agora está tudo pior. Já nem vejo soluções... Apetecia-me falar com o teu psiquiatra. A regra do sigilo é desesperante. Será que ele já desconfiou, ou não terá percebido a gravidade da situação? Ou estará à espera que tu tomes a iniciativa de lhe contar que és alcoólica? Não faço ideia... Também não aceito a ideia de ser eu a contar-lhe os pormenores.

No teu serviço ninguém parece estar ao corrente da situação. Quando lá fui, há quanto tempo?, estive à tua espera com o médico da ala dos doentes crônicos. Ele não falou de nada. Endeusa-te, isso sim. Eu também. Uma mente brilhante, uma capacidade de diagnóstico quase inexplicável, essa forma de dar aulas que deslumbra quem te ouve, uma dedicação aos doentes sem fim. Nem uma queixa. Falou da tua queda, chocado com o estado das ruas. Não sabe, acho que ele não sabe. Saber isso é para mim um choque.

Terei algum papel neste teu filme? O papel de apoiar essa pessoa magnífica que és quando a bebida não te transtorna? Ou sou eu que transtorno as coisas? E se me fosse embora? Se voltasses a ficar sozinha com o espaço, as garrafas, os horários, as quedas? Como seria?

O queixo treme. Se quisesse agora falar com alguém... A médica deve ter razão, quem está a descarrilar sou eu. Descarrilo-me no que penso. A necessidade que tu tens do meu apoio parece-me um objetivo meu. Ando na vida para te apoiar? É essa a minha função? Ou a minha necessidade? Como cheguei a este fim de linha?

Ai, Duarte, gostava de ter coragem para te contar tudo, de me contar até ao mais ínfimo pormenor. Talvez sejas o único que me acompanharia nesse rosário pelo alcoolismo. O único que pode ver o queixo tremer, as ideias baralharem-se, os objetivos distorcerem-se. Talvez entendas... Mas falta-me a força para dizer o que vive cá dentro. Falta-me a força para te explicar o remorso e a culpa. Não quero que te canses de mim. Não quero que penses: "Lá vem ela com as histórias da Alda e as dúvidas do fico, não fico, do posso, não posso". Estremeço só de imaginar que este cenário pode estremecer a nossa amizade. És o meu melhor amigo, o meu único amigo a sério, o que melhor me conhece.

Vagueio dentro de outras ideias. Nunca pensamos em namorar um com o outro. Se fosses uma mulher, seria igual, não achas? Uma amizade que o tempo não apaga. Que o tempo não cansa, espero. É bonito. Quantas namoradas tiveste? Conheci duas, parece-me. Deve ter havido mais uma, pelo menos, oito anos é muito tempo. Se calhar duas. E eu? Dois ao todo. O Zé Luís, de passagem, uma brincadeira, o Manuel, muitos anos, demasiados. Ah... falta o Tó, coitado, nunca me lembro dele. Uma relação complicada, nada que se aproveitasse. Um fascínio meu, uma moto, algumas tolices, pensamentos de adolescente. Acabou à mesma velocidade a que o Tó guiava a moto: muito depressa.

Há anos que não tenho ninguém. Estou há mais de três aqui com a Alda. Já tenho assuntos que cheguem para namorar com os meus dias. E tu, Duarte? Gostaria de te perguntar. Não és de ficar sozinho, pois não?

De regresso ao manuscrito, chego à conclusão de que não tem grande valor. A partir do meio a história não avança, é muito repetitiva, uma pena... Talvez a chame cá, pode ser que oiça as críticas e entenda, melhore este romance. Se for humilde, muda. Se não, também não interessaria à editora.

E eu? Serei capaz de mudar a minha história? Assim não avança, é muito repetitiva. Se eu for humilde e entender, se ouvir... Desligo-me do romance e do meu percurso. Desligo-me.

Dou por mim a pensar no teu namorado que mais me irritou, Luísa, aquele estúpido Manuel. Nunca soubeste que o curso na Holanda foi uma excelente forma de deixar de vos ver, talvez nem valha a pena dizer-te isso. De estúpido não tinha nada, aliás, o Manuel era bastante inteligente. Estúpido porque, quando começaram a namorar, percebi que acabara de perder a minha oportunidade. O estúpido fui eu. Grande amiga, melhor amiga, as coisas que eu pensava antes de perceber que eras outra coisa. Ainda estavas com ele quando voltei, mas nem sonhas como soube disso. O tempo passa, outras pessoas passam por mim; tu ficas.

— Aquele está na lua — comenta o Miguel.

— E depois ainda diz que não é nada, vais ver — avisa o Joka.

Regresso ao ensaio, sem me dar ao trabalho de os contradizer. Toco para ti, Luísa. Entrego-me aos temas como se pudesse algum dia entregar-me a ti, entregar-te a verdade, ajudar-te afastando-te da Alda, recuperar-te para mim. Não para mim, recuperar-te para ti mesma. Excedo-me, sei disso.

— Duarte, esse nada que anda dentro da tua cabeça é uma coisa do outro mundo! Se te dá para tocares assim, eu cá já a adoro.

— Mas não sabem falar de outra coisa? — suplico.

O que fui dizer… Nada os para agora. Entro na brincadeira, descrevo uma amante perfeita, irreal, com pormenores que os fazem rir à gargalhada. Sabem que minto, mas divertem-se com a intriga de telenovela que invento. Por fim, atiro a conversa para a namorada do Luís, uma ciumenta de primeira água. Fica ele na berlinda, descanso eu.

Somos surpreendidos pelas horas. É tarde e ensaiamos muito pouco. O Miguel resmunga, mas contém-se nas manobras controladoras do grupo que não funcionam e que podem levar às mesmas discussões. Prometemos mais concentração no ensaio de amanhã, ele desconfia, mas não comenta. Despedimo-nos à pressa, cada um para os seus afazeres.

Só abrando o passo quando a esquina me envolve. Não tenho pressa nenhuma, vou para casa, onde ninguém me espera. Engano-me. Há um telefonema que espera por mim. Em segundos, saio. Não comi, nem pensei nisso. Apresso-me a chegar ao pé de ti.

✳

— Não pode ser, Alda! Faltaste ao hospital? Responde-me! Grita tanto, hoje.

— Faltaste? Não ouviste a pergunta?

— Não, não faltei, que disparate. O que estás aqui a fazer? Não te chamei!

— Nem era preciso. Fui avisada pela porteira que entraste aos tombos. Disse-me que foi um jovem que guiou o teu carro. Quem era? Não me digas que andas a pedir que te tragam a casa!

— Cala-te! É um dos meus internos, vive no bairro mais à frente... Ele é que me pediu boleia. Queria guiar, eu deixei. O que é que isso tem de mal? Vês maldade em tudo, que desequilibrada... E a porteira não tinha nada que se meter.

— As pessoas preocupam-se contigo, era bom que percebesses isso. Coitada da porteira, estava numa aflição... E às reuniões, tens ido?

Já cá faltava... Respondo que sim, mas não acredita. Está de todo! Grita comigo, chora, até parece que é ela a viúva, sem ti. Não tenho paciência. Se não lhe responder, ela acaba por se cansar. Vá, vai lá para a tua casa, a parte da minha casa que te emprestei para viveres, ou já te esqueceste? Era o que merecia ouvir, agora. Não digo. Continua na ladainha do costume. Irra, já chega, não?

— Chega! — olha, é ela que o diz, engraçado... — Isto não pode continuar assim!

— Isto? Isto, o quê?

— Não te armes em santinha, Alda, sabes muito bem o que quero dizer. Não aguento este teu desvario, será que não vês o que fazes?

— Sabes o que é que não pode continuar assim? É isto de me entrares pela porta adentro sem licença, ouviste? Dá-me a tua chave, e leva a tua quando saíres. Não quero cá visitas quando não as chamo. Já chega, tens razão, já chega!

Aí vai ela, finalmente. Atirou com as chaves para cima da mesa, mas não levou as dela. Ah, não, voltou atrás. Já as tem. Ainda bem.

— Deixa-me, ouviste?

Já não ouviu. Bateu com a porta. Que falta de educação, se o pai a visse... Outra porta atirada com força, agora foi a dela. Está descontrolada. Esta Luísa precisava de ir a um psiquiatra, anda fora de si. Livra!

❋

— Não tem mal, podes chorar à vontade...

Pois é, Duarte, mas não sabes como é difícil chorar estas coisas ao pé de ti. Apareceste em minutos quando te telefonei. Não era isso que queria, ou talvez fosse. Agora estou envergonhadíssima. Nem adianta disfarçar o tremor do queixo. Não consigo articular bem as palavras, saem todas aos bochechos. Choro por dentro.

Ajudas-me a limpar as lágrimas, as de fora, encostas a tua cabeça à minha.

— Não é por ficares aqui que ajudas mais, Luísa, tens de compreender isso.

— E depois? E quando ela cair? E quando bater com o carro? Já faltou mais. Agora deixei lá as chaves, o duplicado... e trouxe o meu. Pôs-se a dizer que não queria que entrasse em casa dela, e eu vinguei-me.

— Fizeste bem. Quer dizer, não estou a falar da vingança...

— Não sei! Como é que podes dizer isso? Imagina que oiço um estrondo a meio da noite. Como é que entro na casa dela?

— Não entras. A decisão foi da Alda, não foi?

— Ela sabe lá o que diz quando está bêbeda...

— Queres ir dar uma volta? Acho melhor sairmos daqui. Eu gostava que fosses dormir lá a casa. Não dormes bem há semanas, vê-se na tua cara... Há meses, se calhar.

Há anos, penso. Dormir longe daqui? Serei capaz? Adivinhas-me os pensamentos.

— És capaz, sim. Anda, faz uma mala com a roupa para amanhã e com essas coisas que usas no banho. Não devo ter nada do que precisas.

— Não sou capaz — gemo. — Não sou capaz, Duarte.

Dás-me tempo para emendar o que disse, mas não emendo. Ficas triste. Desiludido? Talvez. Apetece-me pedir-te desculpa. Não o faço, o queixo não deixa.

— É pena. Um dia vais perceber como é importante o afastamento, mas se agora não dá, pronto, não insisto. Pelo menos, anda comer qualquer coisa fora.

— Com esta cara?

— Deixa. Vão pensar que te tratei mal, isso não interessa. As pessoas inventam logo uma novela pegada, até acho graça. Anda, pelo menos isso.

Aceito por vergonha. Saíste de tua casa para me ajudares, não jantaste, não posso recusar tudo o que me propões. Conseguisse eu sair da minha vida… Ainda tento ouvir qualquer coisa no *hall*, mas tu arrastas-me para o patamar e fechas a porta.

— A tua prima está viciada nisso. Não te vicies tu nela.

Magoa-me tanto esta tua frase! Abraças-me, pedes-me que não me sinta ofendida, que estás a querer ajudar-me. Sei que sim, só não posso aceitar que a minha preocupação com a Alda seja um vício, isso não. Ou será? Ficamos no carro largos minutos até o tremor do queixo parar, até o tremor interior acalmar.

O restaurante está deserto. Ninguém vai fazer novelas conosco. Já nem servem jantares, vamos contentar-nos com omeletas no pão. Tu és capaz de conversar e sorrir, distrais-me. Que inveja… Eu não sei fazer isso, não sei mesmo. Estou doente por dentro.

Parece-me tudo um pesadelo… Como fui capaz?

Deixo um recado à dona Lena — ela que ponha as minhas chaves na mesa de entrada da Luísa. Com sorte, devolve-me as dela. Se não devolver, eu entendo. Só não quero ficar abandonada. Posso precisar dela. Preciso dela muito mais do que achava, e gosto tanto dela… Ela talvez não saiba, mas gosto mesmo muito dela.

Entro na reunião com os olhos pisados. Felizmente, todos entendem, não preciso de explicar nada. Não me perguntam se quero ser a primeira a partilhar o que aconteceu nas duas semanas anteriores, mas leio isso no olhar de cada um. Não gosto de que me atirem à cara que deram pela minha ausência, mas está cada um no seu papel. Tomo a iniciativa. Falo. Choro. Não digo tudo, só tu sabes o que fica por verbalizar. Oiço as histórias dos outros. O coordenador quer provar como as situações se assemelham. Ele sabe lá… Contudo, hoje alguns pormenores tocam-me mais.

Dou conselhos, espero que sejam úteis. Também recebo com carinho os que me dão. É gente boa.

Chego mais leve. Despejo uma a uma as garrafas que guardava escondidas. Pode ser verdade, aquela ideia de não ter nada em casa. Experimentar não custa. Amanhã tenho consulta com o psiquiatra. Podia explicar-lhe que ando a beber mais, mas não tenho falado nisso, não vale a pena. Talvez noutra altura, quando eu já tiver deixado o álcool. Sim, nessa altura, será melhor.

Sinto que a Luísa chega. Espero pela reação às minhas chaves. Demora... Pensei que viesse logo entregar-me as dela. Não tem importância. Ou... talvez me engane. Um som de qualquer coisa junto à porta. Não vou abrir. Se ela quisesse falar, batia. Só veio deixar as chaves. Serão as dela ou as minhas? O meu coração bate, disparatado. Não vou ver. Dou-lhe tempo para sair do *hall*. Mas a ideia não me sai da cabeça: as dela ou as minhas?

Na cozinha, o embrulho. Trouxe-lhe umas chávenas engraçadas que comprei perto dos AA. Iria perguntar-me onde as encontrei, e eu diria o que ela queria ouvir sem ter de dizer nada. É pena. Vou ter de esperar uns dias. Está sentida. Não admira.

Falei com o chefe de serviço. Disse-lhe que mudei de antidepressivo. Acreditou. Até comentou que nem se lembrava de nada, coitado, foi simpático. Não volta a acontecer, isso já decidi.

O interno também não voltou a falar em boleias e carros. Ainda bem, não quero rotinas de andar com penduras, não quero mais ninguém na minha vida. Ele tem o carro dele, é velho, mas anda, não precisa do teu.

O teu... O teu carro também está muito velho, e as artrites não se dão bem com aquela direção, que pesa quase tanto como a tua ausência. Os modernos são mais leves, dizem-me. Mas não são teus, o problema é esse. Vou aguentando. Só não aguento esta tua ausência.

Sorrio para a tua expressão, de remos nas mãos. Andaste feliz nessas férias! E já desconfiavas, eu sei que já desconfiavas. Fizemos tanta coisa, foi tão bom. De certeza que pensaste nisso. Deixavas-me com estas recordações. Estou certa, não estou? Agradeço-te, agradeço à Luísa, a todos. Abro a porta com cuidado. As chaves que encontro são as de casa da Luísa. Sinto uma alegria triste, talvez um alívio arrependido. Estou cansada.

✳

Tens telefonado quase todos os dias, Duarte, mas nunca me perguntas como estou. Eu sei o porquê — queres que me sinta acompanhada mas não controlada. Não resulta exatamente como queres, mas sabe-me bem.

E tu, Alda? Como é que vai ser?

Os teus nós dos dedos respondem-me da porta. Levanto-me devagar e abro. Abraçamo-nos em silêncio. Sei que sossegaste por eu ter ficado com as tuas chaves aqui, as minhas do teu lado. Tudo como dantes.

Trazes um embrulho. Ralho? Não tenho coragem. Abro-o.

— São tão giras. Onde é que as desencantaste?

— É uma lojinha de bairro, ali ao lado dos AA. Achei que ficavam mesmo bem na tua cozinha. Só tinham quatro, mas para a semana já me arranjam mais seis.

— Não era preciso… mas obrigada.

Muita informação, poucas palavras. Aceito o esquema. As chávenas condizem com esta cozinha, e são grandes, como eu gosto, adoro tomar o café em almoçadeiras grossas. Sempre tiveste bom gosto e conheces o meu. Proponho-te um chá. Lavo duas para as estrearmos juntas. Não são para chá, rimo-nos, mas afogamos nele o machado de guerra. Por agora…

Desarmaste-me a conversa. Ia falar no lugar do Porto, ver como reagias; agora não posso. Falo de outras coisas. Mostro-te o esboço da capa do geniozinho. Também te entusiasmas. Ficou misteriosa e cativante. Espero que seja um sucesso.

— Claro que vai ser! Eu vou oferecer o livro a todos os meus amigos, podes contar já com essa divulgação. Depois, eles gostam e…

— Vamos rezar para que gostem!

— Gostam de certeza! E recomendam a outros, claro.

Sorrio; tu também. Ainda nem o leste, estás a confiar no que te contei. Não duvido — vais fazer tudo o que puderes para ajudar a que o livro seja bem recebido. És assim, e eu adoro que assim sejas. Será que sabes? Talvez… Mas penso: onde estão esses teus amigos, que nunca te procuram? Como é que desapareceram da tua vida? Terás sido tu a expulsá-los?

— Tenho uma coisa para te contar há que séculos — começas.

— Lembras-te daquele caso lindíssimo?

— Não me digas que morreu…

— Exato. Foi um abanão terrível para mim.

Oiço simulando a frescura das novidades. Já me contaste num dos dias mais entaramelados. Precisas justificar o teu excesso, eu sou capaz de fazer a minha parte, aceitando a razão. No fundo, temos consciência de que as razões nem precisam de existir. Eu sei, tu também deves saber. Ou devias…

Falas de outros casos menos arriscados, e da conversa do sr. Vítor. Também já ouvi essa. É engraçada a proposta — que não os avises da morte. Escuto com o mesmo entusiasmo que fingi ter da primeira vez. É assim a nossa conversa, a nossa convivência, a nossa conveniência — uma conveniência ensaiada, cheia de recantos, de tabus, de receios. Há quanto tempo não falamos abertamente? Não interessa.

O chá ficou bom, as chávenas são cômodas, grandes e grossas, mesmo como eu gosto. Um oásis nas nossas vidas. Por que não?

Falas-me das chaves, Lúisa, e eu sinto o coração fechado à chave, interditado, preso num enredo onde não me incluo. Salto no tempo, em que outras chaves me fecharam do lado de fora.

Dei um murro nessa porta, frustrado por não poder entrar. Como é que tiveste coragem de mudar a fechadura, pai, como? Como é que tiveste coragem de me ouvir à luta com uma chave que já não me deixava entrar na que foi a minha casa sem me socorreres?! De nada valeu, nem o murro, nem o pontapé que se lhe seguiu. Vi-me na rua, sem um teto, sem nada. Dormi na rua, abraçado ao saxofone, um nada, eu.

Teria sido melhor se me apoiasses, pai? Sei hoje que não, e não consigo imaginar a dor que sentiste ao fechar-me do lado de fora da tua vida. Não percebi logo, limitei-me a beber para te esquecer, para me esquecer da tua porta fechada. Dava-me jeito essa justificação. Tiveste de esperar muito até eu compreender o que queria dizer uma fechadura nova. Precisava encontrar a minha chave para o problema. Foi-me atirada à cara por um aluno, numa praça pública, quando me viu adormecido no álcool e no banco do jardim. Uma adolescência chocada pela verdade que não entendia. Foi o rosto dele que me devolveu a simbologia da fechadura. Nunca mais o vi, mas jamais esqueci aquela expressão triste, fechada.

O que pensaste, pai, quando te prometi que ia deixar de beber? Acreditaste? Puseste-me nas mãos muito mais do que algum dinheiro, puseste-me nas mãos a responsabilidade de cumprir a promessa, primeiro que tudo feita a mim mesmo. Dois adultos, duas maturidades diferentes, um coração comum.

Devolveste-me a chave de tua casa quando me viste tocar naquele concerto. Convidei-te, explicando-te que iria ser especial. Trazia-as contigo, e isso comoveu-me. Um gesto a que me agarro para ser mais forte. Tu sabias que eu conseguira, pai, eu é que precisava de te mostrar que sim. O coordenador dos AA ajudou-me muito, mas foste tu que me concedeste a chave do problema.

Volto a ti, Luísa. Vejo-te presa do lado de dentro. Também para ti se fecham as portas que te permitiriam romper com esse viver conduzido por olhares, cheiros, preocupações, frustrações. Viciaste-te no problema, mas não entendes isso. Magoas-te com as minhas palavras. Também hesito em fechar a porta para teres de procurar a chave. Não, não tenho coragem de te ver sozinha neste caminho. Permaneço.

Quarto passo

O psiquiatra achou-me em baixo, fez perguntas, fez mais do que o habitual. Será que falou com a Luísa? Não, ele não faria isso, não a mim. Eu sei que nunca... espero que nunca... não pode ter falado. Disse-lhe que ando com muito trabalho, o que é quase verdade. Estas idas às reuniões dos AA tiram-me tempo. Parece-me sempre que perco muito tempo quando lá vou, como se o tempo ali deixasse de ser meu.

Não foi uma grande ideia, esta de vir ao café da *Anabela*. Um cão com nome de pessoa, enfim, uma cadela. Fica delirante quando me vê. Abana a cauda, põe-se de pé e quase me atira ao chão, ladra. Já sabe que lhe vou dar um bolo de arroz, é a nossa rotina privada. O meu problema é a dona da *Anabela*.

— Uma garrafinha de *Magos*, senhora doutora?

Hesito. O remorso vence-me. Hoje, vence-me. Não posso beber. Até quando aguentarei?

— Não estou bem do estômago, é melhor um copo de leite frio, se tiver.

Promete trazê-lo em segundos, divertida. Nem se apercebe do esforço que fiz para lhe responder outra coisa que não um sim. Traz o bolo de arroz. A *Anabela* quase se senta ao meu colo, que cadela doida! É tão grande que me desequilibra.

— Deixa a senhora, *Anabela*, vá, deixa a senhora...

Não, deixa. – e eu agradeço. Ela é sincera. Não me pede que seja diferente, nem que esqueça as recordações que tenho de ti, não exige que faça de conta que a nossa história é como a de todos os outros. Esta cadela gosta de mim tal como sou.

O bolo de arroz desaparece depressa de mais. Brinco com a dona, afirmo que se calhar mata a cadela à fome. Diz que não, que a *Anabela* come até rebentar. Sei que é verdade, faço-lhe mais festas. Lambe-me a cara e as mãos, sinto-me sorridente. Isso deixa-a ainda mais contente. Nova onda de lambidelas. Eu gosto do peso dela nas minhas pernas.

Chego à entrada do prédio ao mesmo tempo que a Luísa. Quer cumprimentar-me de beijo e eu digo-lhe que não o faça, primeiro preciso de lavar a cara. Não gosto da dúvida que se lhe atravessa no olhar. Podia dizer-lhe qualquer coisa, mas a verdade, entre nós, é uma coisa tão rara, que a Luísa nem admite essa possibilidade. Obrigo-a a andar atrás de mim, não paro de falar para que se mantenha comigo. Segue-me até à casa de banho, lavo a cara, as mãos e os pulsos. Depois dou-lhe um beijo. Espero que agora perceba — não era truque, não bebi, hoje não. Ainda não.

Tem qualquer coisa para me dizer, provavelmente aquilo do Porto, mas parece-me que não vai ser agora, não a vejo com coragem suficiente. Alguma vez terá? Apetece-me desejar que não. Falamos de coisas fúteis, triviais e básicas. Nenhuma de nós quer aprofundar nada. Acabamos por nos despedir sem termos realmente conversado. É tantas vezes assim. Sinto um enorme alívio quando a vejo sair. Não sei se tenho mais pena dela se de mim.

✳

Desperto alagada em suor. Tento lembrar-me do sonho e sinto-me corar, embora esteja sozinha. Nunca me tinha acontecido, nunca a dormir e muito menos acordada. De onde veio este sonho? Aí está algo que vou ter de encobrir de ti, Duarte, não posso contar-te como te amei, como me soube bem abraçar-te. Um disparate!

Levanto-me e vagueio pela casa. É estranha esta sensação. Quase uma felicidade. Estou chocada comigo mesma. És o meu melhor amigo! Se calhar, é normal. Não seria impossível. Ou seria…? Vagueio pela dúvida.

Vou até à cozinha. As chávenas novas chamam por mim, aqueço um pouco de leite, junto chocolate em pó, junto-me ao leite com chocolate.

Sento-me a bebê-lo e volto a beber os pensamentos. A reunião de hoje deixou-me orgulhosa. O meu trabalho foi referido como sendo um bem incontornável para a editora, e não me envergonhei! Consegui agradecer os elogios e dar a minha opinião acerca da nova coleção — narrativas de autores portugueses, consagrados e promessas. Fui tão clara e convicta que logo ali se elaborou um plano de nomes e contatos, nasceu rapidamente o que será uma aposta inovadora no plano nacional. Foi tão... diferente.

Vens à minha mente, Alda. É espantoso, não foi o primeiro assunto em que pensei. Não me acontecia isto há tanto tempo. Estou a exagerar... Ocupas-me muito, mas não és sempre o primeiro pensamento. Recordo a tua entrada em casa, a história da *Anabela*. Não te recordas que, para mim, a *Anabela* e a bebida estão no mesmo plano? Talvez tenha sido a primeira vez que não cheiravas a álcool vinda de lá. Será um sinal? Mudou alguma coisa? Por que é que não consigo acreditar?

Já houve tantas paragens, Alda, tantas. Umas semanas sem beberes, e depois um olhar, uma reação que me deixa antever que a viagem continua, descarrilada. Não corresponde a estares embriagada, nada disso. São pormenores pequenos... Aparecem antes dos dias piores. E, para mim, são uma certeza. Vais recomeçar, ou já recomeçaste, a beber. Tenho sempre razão. Arrepio-me ao pensar que, por vezes, sinto alívio nesse instante. Acaba-se a angústia que tentava tirar-me dos carris, consumindo-me a ideia de que estás bem, mas vai tudo voltar ao mesmo de um dia para o outro, e irá ser tão difícil... Nesse instante, como uma bofetada, chega o dia. A viagem prossegue e eu sinto alívio porque já não vou esperar mais pela desilusão — já chegou, já me esbofeteou, já nos descarrilou.

Devo estar a enlouquecer. Não há nenhuma lógica no que sinto e penso. Masoquista? Talvez, ou pior... E quando tento voltar ao sonho, ou à recordação da reunião, não consigo. Alda, tens razão — eu preciso de ajuda.

✳

Oiço-te, Luísa, claro que oiço! E entendo-te mais do que pensas, acredita.

Sentes-te aliviada quando percebes que tudo vai recomeçar? Se soubesses como isso é comum. Queixas-te de que lidas melhor com as recaídas do que com os momentos em que a Alda não bebe. Isso horroriza-te, mas tem uma razão de ser. Conheces melhor o guião que escreveram juntas no vício, experimentaste poucas vezes as linhas de uma cura que nunca chegou a sê-lo. Só não percebes que tens a possibilidade de escrever a tua vida; a tua, não a da Alda. Desperdiças as oportunidades, desperdiças-te. Isso irrita-me.

Se fores para o Porto, vou ver-te menos. Sinto-me egoísta ao pensar que preferia que não fosses. Reconcilio-me comigo quando esbarro na evidência — tu não pareces ser capaz de ir. Eu continuarei a insistir, sempre, até ires, se fores, se fosses. Divido-me. Quero e não quero.

Se fores, levas o problema contigo? Levas. Estarei à distância de um telefonema, mas não à distância de um abraço. Vejo-te sozinha, enrodilhada na preocupação. Sofres calada. Um silêncio doente envolve-te no mundo dos outros. Esqueceste o teu. O meu é o único que te acolhe, onde deixas que te acolha. Sabes tão pouco do meu mundo...

Estou bem longe de casa. Sei porque vim a esta mercearia — aqui ninguém me conhece. Não me lembro de tudo o que preciso de comprar. Papa, isso, papa. Uns iogurtes. Umas latas de salsichas e atum dão jeito. Arroz? Não, purê. Vou levar fiambre para a Luísa.

Sinto o coração a acelerar-se. Há aqui *whisky* e *gin*, como seria de esperar, ou melhor, como eu esperava. A qualidade não me parece das piores. Hesito. Podia levar só cervejas. Sei que não vim tão longe para comprar cervejas. Volto atrás. Trago mais pacotes de papa e mais latas. Levo também duas garrafas de cada. Chegam. Cansei-me dos dias sem a embriaguez a anestesiar-me, cansei-me de tentar o que não quero.

O que quero é passar o fim de semana sossegada. Quero passá-lo só contigo, com as recordações e a tristeza. Morreste antes de eu estar preparada. A verdade é que nunca estaria preparada.

Preferia ter morrido no teu lugar, ou contigo, de repente. Que raio de vida é esta que eu levo?

Cheguei a um ponto final. Ninguém entende isso, ninguém te entende, ninguém me entende. Estava cheia de força de vontade. Para aonde foi ela? Não sei. Desapareceu. Desapareci dentro dela. Não, eu desapareci antes. Desapareci contigo, não sou nada.

Já sei que a Luísa vai ficar furiosa e deprimida. Como se fosse tudo problema dela. Não é! Será que não vê?! O mundo não gira à volta da sua vidinha e dos seus problemas! Mais: se sou um problema para a Luísa, é porque ela assim o decidiu, não eu. Que raio de ideia trazê-la para minha casa. Uma ideia tão estúpida… Quem está desesperada sou eu, eu!

Não. Tê-la aqui é manter-me perto de algum amor. O dela, o meu por ela.

Afinal, viver é o quê? Quando te tinha comigo, era tão diferente. Havia planos, ambições, projetos ousados, responsabilidades que aceitávamos de braços abertos. Tudo fazia sentido e era tudo tão intenso. Vivíamos para os caminhos que trilhávamos a par. Os dois empenhados, convictos, concentrados em avançar. E agora? Nem me parece possível que tenha acontecido como recordo. Fantasio o nosso passado, será isso? Porque será tão difícil acabar…?

Queria acabar…

— Que ideia tão maluca! — digo, sem qualquer convicção.

— Alinhas, ou vais fazer-te de parvinha e ficas aí em cima?

— Está bem, está bem, já desço.

Pouso o intercomunicador e sinto-me uma adolescente. Corro a preparar uma mala de fim de semana com roupas velhas. Se vamos passear para a serra da Arrábida, é melhor levar coisas confortáveis. Apetece-me estar contigo, mas o sonho perturba-me. Não! Somos amigos, e os amigos passeiam juntos.

Bato à porta da Alda para a avisar. Oiço água a correr. Grita que está no banho. Digo que vou passar o fim de semana fora contigo e ela responde entusiasmada que é boa ideia. Pede-me que abra a porta e leve o fiambre que me trouxe. Hesito. Não quero encontrar nada. Entro. Vou direita ao frigorífico. Vejo o pacote, deixo-lhe um chocolate na mesa, agradeço e volto para trás. Ignoro o cheiro que encontrei na cozinha. Preciso de sair. Corro a chamar o elevador e desço. Doze andares que desaparecem para que eu me aproxime de um dia diferente.

Recebes-me com um ar satisfeito.

— Linda menina!

— Oh, Duarte, estás a ser mauzinho. Quem são os outros?

— Quais outros? Vamos só os dois, Luísa. Já andamos a precisar disto há muito tempo.

Fico entalada entre o susto e a excitação. Ris-te da minha cara e tenho medo que adivinhes o que sonhei. Arrancas, enquanto me explicas que vamos dormir numa pensão ranhosa. Conseguiste dois quartos minúsculos, mas podemos tomar banho e temos direito a pequeno-almoço. E quem paga és tu!

— Isso não vale — reclamo.

— Calma! Tu pagas as refeições — esclareces. — E olha que quero comer bem, nada de esquemas de poupança.

— Sim, sim, vamos ver o aspecto da pensão, depois logo te digo onde comemos.

Fico a pensar — dois quartos, não há perigo. Para quem?! Coro sem querer...

— O que é? — perguntas. Franzes o sobrolho, desviando por segundos o olhar da estrada. — Estás a pensar em quê? Se falas na Alda, zango-me. Estás proibida!

— Asseguro-te que não estou a pensar nisso. Alegro-me. É verdade... Tenho direito a escapar por dois dias. Tenho esse direito!

— Nem uma palavra — garanto. — Melhor, nem um pensamento.

— Mentes muito bem, parabéns. — ris-te de mim. — Pensa em ti, para variar.

Aceno que sim, mas parece-me que realmente vou pensar em ti, em nós. E agora?

Consigo cumprir a promessa. Entre as caminhadas, a cama cheia de buracos, o pequeno-almoço miserável, os almoços prolongados e as conversas nas pausas para recuperar fôlego, pouco sobra para outros assuntos. Alda, ficas para trás. Estranhamente, tu também, Duarte. Talvez porque não te aproximas de mim. O sonho foi só isso, um sonho. És o meu amigo de sempre, companheiros dos tempos de liceu. Estamos mais maduros. Parece-me que vamos ser só isso. Entristece-me um pouco, mas também me liberta. Ando esquisita...

Levo a mão à sobrancelha direita. Sangue. Nada de grave. Tento levantar-me, mas não consigo.

Tenho tanto frio. Consigo enroscar-me melhor, talvez assim aqueça.

Estou perto da parede, mas a Luísa não está do outro lado.

Um fim-de-semana fora. Nem se lembrou de mim...

Tenho sede. Apetece-me adormecer. Agora.

Ou morrer. Era tão bom desaparecer hoje, desaparecer para sempre.

Estás aqui? Podes vir para ao pé de mim?

Espera! Fica!

Estiveste comigo, ou não?

Já não estou certa de nada.

Tenho tanto frio, tanto...

Bebo, bebo muito. Já bebi muito.

Podia parar.

Podia?

Também não estou certa disso.

Sinto-me egoísta. Tu agradeces-me estes dois dias, a pensão manhosa onde ficamos, os almoços prolongados em conversas, as pernas cansadas por subidas e descidas muito diferentes das que percorres no trilho dos medos. Sentes que fiz tudo isto por ti, mas eu sei que não. Levei-te por mim, para poder ter-te só para mim, como se existisse aquilo que eu não posso deixar que exista; um nós diferente de um eu e tu. Custa-me que não te apercebas de como sou egoísta.

Quando paras, renovas-te. Não o sabes, calculo, mas eu vejo-te perder as olheiras da frustração, perder o olhar distraído pelas peripécias interiores em que te moves, és só tu. Também estranhas o que sentes, eu sei. No entanto, nestas horas que passamos juntos embora separados, numa realidade que decidi montar para nós, por nós, encontrei-te, Luísa. A Alda ficou de fora das frases que trocamos, construímos um estar diferente, mais leve, mais intenso, e tão mais falso.

Falso? Não. Inventado, talvez inventado. Somos nós usando máscaras, ou somos nós sem máscaras? Já não sou capaz de saber. Dois dias como se fosse verdade, como se pudesse ser verdade. Sou tão egoísta.

Dois dias cheios. Cheios de conversas, de cumplicidades carregadas de ternura, tão cheios. Dias em que consegui ser o que já não recordava. Agradeço-te, Duarte.

E voltei. Voltei para o que me preenche os dias, os outros.

Podia não ter ido lá ontem, podia ter dormido mais uma noite feliz. Não fui capaz. Estavas caída no chão. Gelada. Suja. Tão embriagada que me embriagaste de raiva, uma raiva que atiraste sobre mim e que abracei de imediato. Gritaste comigo, chamaste-me o que sentias. Nem quero recordar. Mas recordo, recordo com pormenor, com a tua raiva bem vincada — a que gritaste e a que senti.

Lavei-te, meti-te na cama. Chorei a tratar de ti e longe de ti. Perdi numa hora a felicidade de dois dias. Irritei-me. Não fui capaz de me lavar por dentro, nem de me meter no sono. Não tens o direito de me fazer isto! Não tens!

E oiço-te, Duarte, oiço-te mesmo sem me dizeres nada. Quem é que me fez o quê? Fui eu que deixei. Isso ainda dói mais. Quando é que tudo acaba?

Escrevo um recado para a dona Lena. "Se a minha prima ainda estiver muito bêbada, dê-lhe café. Procure as garrafas e deite tudo fora."Eu deitei fora uma, havia duas vazias. Quantas mais estarão escondidas?

Chego à editora desfeita. A Paula puxa-me para dentro do nosso gabinete e para dentro de um relato que não procurei. Leio-lhe na cara o choque e o reflexo da minha revolta. Mas também leio que nunca irá entender. Ou será que já estou como tu, Alda, a pensar que ninguém compreende este problema como eu? O que critico em ti, imagina, a acontecer em mim... É assim que te sentes? Que sensação...

Não trabalho quase nada. A manhã escoa-se entre ressentimentos e impaciências.

Mas esta mulher não se cala? Irra, apetece-me despedi-la. Quem é que lhe mandou fazer café? Eu não fui. Cai-lhe um papel do bolso. A letra da Luísa. Leio e cerro os dentes — quem é ela para me chamar bêbada?! Recuso o café, era só o que faltava.

Grito-lhe que não a autorizei a mexer nos armários. Ameaço-a com o despedimento. Não reage. É uma provocação, eu não quero ter de me habituar a outra. Baixo o tom. Digo-lhe que escusa de procurar, não há nada, a Luísa deitou tudo fora. Insulto a Luísa, pode ser que assim acredite. Funcionou. Está agora, de braços cruzados sobre o peito, a olhar para mim.

— Ai, senhora doutora, isto não pode continuar... Está a dar cabo da sua vida e da vida da menina Luísa. Quer que lhe faça um bife? Já deve estar enjoada destas papas!

Digo-lhe que sim. Terá de ir à rua comprá-lo, deixa-me à vontade para o que quero. Hoje não posso trabalhar. Lá vai ela. Antes de ir ao esconderijo, telefono a avisar — invento uma dor de cabeça terrível. Falo com a secretária do chefe de serviço, acredita em tudo e em mim, funciona sempre. Levanto-me ainda tonta. Vou ao jarrão da China. Nunca procuraram aqui. Bebo pouco, só para aguentar as horas que faltam até a dona Lena se ir embora. Volto para o sofá.

O cheiro da comida é agradável. Até me apetece o bife. Não me mostro muito entusiasmada, não quero que fique com a mania de cozinhar refeições, como se eu não soubesse fazê-lo. Acaba por passar para a casa da Luísa. Calculo que vá deixar um papelucho com o relatório. Estão combinadas uma com a outra! Espero que escreva que não encontrou mais garrafas. A Luísa vai ficar mais calma.

E as horas começam a escoar-se, finalmente. Este dia está quase resolvido. Quando a Luísa chegar, vou fingir-me adormecida e cansada. Tenho a certeza de que vai aparecer para me controlar. Amanhã há reunião de casos clínicos, não quero faltar. Amanhã é um novo dia. Este está resolvido.

Não havia mais garrafas? A dona Lena diz que procurou bem. É estranho, pareceste-me embriagada. Ou será só ressaca? Não quero saber, tenho um manuscrito para acabar de analisar para amanhã, quero apresentá-lo em reunião de edição. Vejo pela janela da cozinha a tua roupa, já lavada. Coitada da mulher, só não lavou o assunto. Sei que a mancha na alcatifa deve ter custado a sair.

Espalho os apontamentos na mesa, recomeço o trabalho. Não fiz nada que se aproveitasse durante o dia, tenho de compensar agora. O telefone interrompe-me. Tu nem atendes.

— Então, como começou a semana? As dores musculares? Duarte, tu... Digo a verdade?

— Estou muito perra. Acho que preciso de fazer ginástica, não aguento nada!

— E por aí?

— Não vou falar disso, não quero.

— Foi assim tão mau...?

— Foi.

Ficamos calados por instantes. Tu não sabes como continuar a conversa, eu também não.

— Precisas que vá ter contigo?

— Não quero que faças isso. Percebes o porquê?

— Percebo, desculpa ter perguntado.

— Não é isso! Tu tens-me ajudado tanto, Duarte, não penses que estou a descartar essa ajuda, ou a dizer que não a quero...

— Para, Luísa, para. Eu sei. Estou só arrependido de ter puxado o assunto. Diz-me, soube-te bem o passeio, não foi?

— Muito. Gostei tanto…

— Vamos repetir, achas bem? Eu também gosto de passear e tenho poucos amigos malucos que aceitem o que lhes proponho em cima da hora. Mas não penses que faço isto por pena, era só o que faltava! É divertido estar contigo. Aceitas?

— Aceito.

Desligamos pouco depois. Porém, não nos desligamos, e isso acalma-me. Agora andas sempre sozinho. Tinhas tantos amigos. São fases, concluo. O sonho já me parece disparatado. Gosto desta nossa relação.

Volto às folhas. Anoto os pontos fortes, os pontos a melhorar. Oiço um som estranho do lado de lá da parede. Hesito. Não, não vou. Quero acabar isto e dormir bem. O dia de amanhã é importante para mim, preciso de conseguir vivê-lo como quero.

Avanço mais duas horas. Novo estrondo, este mais forte. Não vou, mas já não consigo trabalhar mais. Durmo mal, cheia de frases ensaiadas, frases que talvez nunca chegue a dizer, a batalharem entre si no meu coração. Frases para ti, Alda.

A madrugada apanha-me num sono leve. O sol ainda está a tentar mostrar-se, e nem acredito no que oiço. Sais muito cedo, sinto o teu perfume através da porta. Foste para o hospital a horas e pronta para a tua profissão. Como…?

E eu? Estarei pronta para a minha? Levanto-me, levanto as defesas. Lembro-me do livro e dos contos. Escolho o dia que quero ter. Espero conseguir…

Quinto passo

Está tudo calado. Sei que estão a seguir o que digo, raciocinam comigo. Os *slides* prendem-lhes a atenção e parece-me que só têm consciência do aqui e agora quando um dos *slides* encrava no projetor. Há logo um estudante que me ajuda a alinhar o carreto, prossigo. Prossigo mesmo enquanto desencravamos a geringonça. Isso fascina-os ainda mais.

O tempo da aula escoou-se há muito. Ninguém saiu. Quando peço que perguntem o que quiserem, a agitação instala-se. Tenho de pôr alguma ordem para que não se atropelem uns aos outros. Estiveram muito concentrados. As questões são pertinentes, interessantes, e eu respondo com a certeza de quem se preparou bem.

Preparei-me bem? Não... Contudo, sei do que estou a falar. A medicina é uma paixão, o diagnóstico um fascínio, o ensino um prazer. Tu também eras assim. Enquanto outros colegas se queixavam de que os alunos faltavam às suas aulas, nós chegamos a ter internos a nos assistir, gente sentada nos degraus e nas bordas de cadeiras já ocupadas. Hoje foi igual.

A dor de cabeça e o mal-estar só se revelam quando a sala fica vazia. É aí que tudo regressa — a tua ausência, a minha vida sem rumo, a vontade de me afogar numa garrafa qualquer. Mas ainda não posso, faltam umas horas para sair daqui.

Chamam-me à enfermaria, o sr. Vítor está inconsolável, só aceita falar comigo. Encontro-o ligado ao oxigênio, macilento, fraco.

— A doutora prometeu-me... — geme.

— O quê, sr. Vítor? Conte-me lá.

— Eu não quero saber se estou a morrer!

Penso. Teve alta, andou bem uns tempos, regressou muito pior. Não haveria risco de vida, a não ser que outros órgãos começassem a falhar. Leio a ficha. Os rins não estão bem, daí a cor. O problema generalizou-se. Olho para ele. Sorrio.

— Esteja descansado, senhor Vítor, não morre tão cedo.

Vejo-lhe o ar malandro, brincando comigo e com a vida.

— Dito por ti, eu acredito.

A enfermeira, que acaba de trazer a medicação, cruza o olhar comigo. Partilhamos em silêncio a estratégia. Sento-me na borda da cama, converso com ele e com os outros. Rimo-nos, trocamos histórias de aldeia. Eu nasci numa quase tão pequena como a do sr. Vítor. Trazemos o tempo, o passado e a política para que se enredem nas nossas frases cúmplices e nos distraiam. Só abandono aquele grupo quando o sorriso vence o medo. Sei que irá durar, o sorriso. Sempre senti que o nosso papel é tão importante no acto médico como na relação com o doente.

— Esta doutora Alda é uma santa — oiço dizer nas minhas costas, ao sair do quarto. — Uma santa! A melhor médica que alguma vez tive...

— Aqueles rins... — comento com a enfermeira Lurdes. — Não respondeu à terapêutica?

— Não. O doutor Antunes já aumentou a dose, mas não me parece que resolva.

— Não resolve, não. Já não sai de cá. Não lhe dizemos — aviso —, prometi-lhe que não lhe dizia nada. Pode transmitir isto aos outros?

A enfermeira acena um sim comprometido. Não concorda, talvez. Penso — gostaria que me dissessem que os meus dias estavam contados, que não precisava de esperar tanto tempo. Tenho um receio incómodo de que te canses de esperar por mim. Lembro as tuas últimas palavras:

— É agora. Fui tão feliz, não te esqueças disso...

E o teu fim chegou. O teu e o meu, pois nada sou sem ti. Podemos estar preparados para morrer, mas nunca estamos preparados para ver morrer quem amamos, nunca.

✳

Para quem faço o projeto, afinal? O Joka tem o condão de me atirar de encontro às ideias, retirando-se logo de seguida, quando decide que sou o único capaz de resolver os meus assuntos. Para quem, sim, para quem?

Quero levar o *jazz* aos músicos de outras áreas, mais velhos, mais novos, mais experientes, mais formatados, quero que todos possam aparecer, todos. Um verão em torno do *jazz*, numa combinação de sons, estilos, estéticas. É isso. Escrevo, risco, imagino. Sei que posso contar com o nosso quarteto, estão disponíveis para me acompanhar nesta aventura. Teimam que o responsável sou eu. Sorrio. O Luís avançou logo com essa proposta antes de eu ficar nas mãos do Miguel e do seu controlo desenfreado dos processos. Acatamos, mas o Miguel insiste em questionar tudo, diz que devo estar bem preparado para explicar o projeto e ser claro nos documentos a enviar. Aceito a ajuda, enquanto o Luís me pisca o olho.

Sento-me a ver uma chuva disparatada que morre no vidro. É tarde, luto com o sono para levar a ideia até ao fim. O silêncio da casa recupera da memória o que dissemos no ensaio, o que ficou no ar, o que ficou assente. Vens-me à ideia, Luísa. Tu podes ser uma peça preciosa nesta fase. Apetece-me mostrar-te tudo, pedir-te que corrijas as ideias que fui espalhando por folhas e quadros. Vou mostrar-te como se arrisca dando passos para além dos conhecidos, repetidos, adivinhados, doentes. Talvez ganhes coragem para os teus outros passos. Talvez…

— Então, posso aparecer?

Digo-te que sim, Duarte, que mais poderia responder? Precisas de ajuda no projeto do Curso de Jazz de Verão para apresentar à Câmara de Gaia, tens dúvidas se estará apelativo e bem escrito, eu posso fazer isso. Planeias chegar dentro de meia hora.

Abro o frigorífico. Um resto de frango, talvez consiga reinventá-lo numa massa. No congelador há um gelado de morango já aberto, sei que gostas. Vou libertando a mesa de papéis, vamos usá-la para comer e trabalhar. Fica tudo empilhado por ordem. Tento libertar-me dos pensamentos. Escolho a toalha, coloco os pratos. Não tenho vinho em casa, não posso ter, mas tu também não bebes, isso não é problema. Começo a aquecer o frango, junto água, quando ferve introduzo a massa. Baixo o lume. Baixo a guarda.

Colo o ouvido à parede da sala, tentando escutar o que se passa do outro lado. Não queria que se cruzassem um com o outro. Chegaste a casa embriagada, tive de te ir ajudar a sair do carro. Qualquer dia, Alda, tens um acidente. Ficas fora de ti quando falo nisso, quando ameaço tirar-te as chaves do carro. Eu fico fora de mim quando as levas para dentro do teu delírio.

Por mais que esmague o ouvido contra a parede, não oiço nada. Talvez tenhas adormecido. A campainha desperta-me para o agora.

— Abres-me outra vez a porta? Não abriu...

Sobressalto-me. Não te ouvi tocar da primeira vez, Duarte. O barulho que me chega pelo intercomunicador diz-me agora que já entraste. Conto mentalmente os doze andares, para te guardar dentro de casa bem depressa. Contudo, mal abro a minha porta, encontro-te no *hall*, no estúpido *hall*. Estás deitada no chão. Fico descontrolada.

— O que é que se passa, Alda? Sai daqui! Queres que o Duarte te veja assim? Queres?

Encolhes os ombros, estás a desafiar-me. Sinto-me tão irritada que tento levantar-te e não consigo. O elevador chega ao patamar. Não sei o que fazer. Tenho de abrir a porta de fora...

Como é possível...?

Gostava de ser como tu, Duarte, gostava mesmo. Vês aquele corpo no chão e, como se não ligasses, cumprimentas-me e passas-lhe por cima, alargando o passo. Arrastas-me contigo para dentro. E, no momento em que já vais fechar a minha porta, dizes:

— Não estejas assim. Não és tu que estás ali deitada. Quando os outros chegarem, fazemos da mesma forma. Nem penses mais nisso!

Quais outros? Não vem mais ninguém! Continuas a falar de combinações que nunca existiram, como se esperássemos mais dois amigos. O som da voz é alto, nem te reconheço. Fazes-me sinal para que não te denuncie. Pedes-me para esperar por gestos, gestos confiantes. Alguns minutos depois, uma porta que se fecha, a do outro lado.

— Vês? É assim que se faz.

— Como é que...? Como é que te lembraste daquilo? Dedicas-me um sorriso triste e cumprimentas-me como se tivesses acabado de chegar. É a tua forma de me dizeres que o assunto está encerrado. Vamos até à cozinha. Trouxeste um *Sumol* de laranja para cada. Agradeço, ainda confusa. Cheiras a massa com que reinventei o frango guisado, e levantas as sobrancelhas. Pareces satisfeito, disposto a não te deixares perturbar. Sigo-te o exemplo, com muito mais dificuldade.

Comemos no meio de conversas que tu vais desenrolando, ocupas-me. Alimento-me daquilo que me dás, o frango é um apontamento. Já estamos a levantar a mesa quando te pergunto o que quero saber há já algum tempo. Também eu tento desenrolar-me em temas diferentes.

— E namoradas?

— Nem me fales nisso! Já tive suficientes.

— Suficientes?! — rio-me. — Vais para monge?

— Não, não, Luísa, nem penses. Digamos que agora estou bem sozinho.

— Confessa... Naqueles anos em que andaste meio desaparecido, tinhas uma terrivelmente possessiva... controladora...

Ficas com uma expressão de gozo que me desarma, mas afinal fui eu que te desarmei.

— Agora deste em bruxa? Possessiva mesmo, não me largava, nem eu a ela, uma coisa esquisita. Já passou. Sinto-me muito bem assim.

— Monge...

— Não, sozinho estou bem.

Vais buscar os papéis e eu a máquina de escrever. Ainda refilas, mas a minha ideia é muito lógica. Eu, a escrever, sou uma máquina. Rimo-nos com a repetição — duas máquinas, uma de escrever, outra a escrever. Passamos a limpo a versão correta, dá-te menos trabalho.

Fico impressionada com o que me mostras. A ideia de conquistar novos talentos, abrindo o curso a músicos de todos os gêneros, cativa-me. Soubesse eu tocar algum instrumento e não iria resistir. As correcções são mínimas, mas demoramos muito tempo a fazer a sinopse do projeto, o cartão de visita que deverá deixar as cabeças dos autarcas logo motivadas para pôr em marcha um sim para o projeto. Acabamos perto das onze.

— Aprendeste alguma coisa hoje, Luísa? — perguntas, mesmo antes de entrar no elevador.

— Hum, hum... O professor é excelente.

— Isso é verdade, mas a aluna é um bocadinho lenta.

— Lerda, não é lenta! — corrijo.

— E tendenciosa, bera... e surda...

Dou-te uma palmada no braço, mas não estou zangada. Será mais simples quando não é a nossa família, quando não nos sentimos dentro de um barco que se afunda? Prometo lembrar-me da lição. Tu prometes repeti-la as vezes que eu precisar.

Volto para a minha casa. Penso em ti, nos teus projetos, nos teus mistérios. Gosto da tua força. Gosto de ti.

Do outro lado, um barulho de qualquer coisa que bate na parede. Se me estás a testar, Alda, escolheste mal o dia e a hora. Daqui não saio. Vou dormir.

E durmo, durmo bem, como há muito tempo não dormia.

Será que ela acha que só por deixar os papelinhos no mesmo sítio eu não sei que me andou a vasculhar tudo? Esquece-se de que sou mais esperta do que ela. Sei sempre quando inspeciona a minha casa e revista os armários.

Ontem não jantei, mas isso nem lhe interessou. Não veio conversar ao fim do dia, nem ao serão. E, se eu lhe perguntar alguma coisa, vai responder que está cheia de trabalho. Balelas...

Queria contar-lhe do sr. Vítor, mas já desisti. Morreu hoje de manhã, ao nascer do Sol. Os outros doentes dizem que se foi no sono, a melhor forma de passar para o outro lado. Isso ajuda-me a aceitar a sua partida. Lembro-me de ti. Não tiveste essa sorte. Soubeste, como bom médico que eras, que estavas no fim da linha. Disseste-me que partias para que eu não sofresse tanto. Como se fosse possível.

Trago o saco até ao quarto. Não gosto da ideia, mas talvez as gavetas da roupa sejam uma solução para guardar o que trouxe hoje.

No entanto, não consigo. Estou aqui, de gavetas abertas, e parece-me um pecado guardar as garrafas ao lado da roupa. Se a casa fosse maior, mas não. Dei-lhe metade do espaço. Não sei se lho dei. Acho que foi mais a Luísa que me tirou metade do espaço. Junto as garrafas às caixas onde guardo as comunicações que já fiz, encontro uma reentrância que talvez sirva. Não cabem mais do que duas. Paciência, trago uma de cada vez.

Vem-me à memória a reunião dos AA. É hoje. Pondero se hei de ir ou não. Tenho menos chatices se for... ou se fingir que vou. Também há reunião amanhã... vou antes amanhã.

Ligo o televisor. Dormito enquanto oiço as notícias. Ela bate-me à porta mesmo no momento em que começa o filme. Vou perder o início.

— Olá — digo, e volto para o sofá.

Olho para o ecrã e deixo-a sem conversa. Espio-a pelo canto do olho. Não sabe bem o que fazer, torce um lenço.

— Estás chateada comigo, é? — pergunta, com uma pontinha de indignação na voz. — Que eu saiba, quem fez asneira foste tu.

— Não quero falar — respondo-lhe. — Vieste cá para me pores a cabeça em água?

Como ela se irrita com esta frase... Os meus olhos ainda não se cruzaram com os dela. Espero. Não perco nada com esta atitude.

— Bom — diz, levantando-se —, se estás com essa postura, não estou aqui a fazer nada.

Encaminha-se para o corredor, e eu dou a machadada final:

— Pois não.

Sai. Sei que não regressará hoje nem talvez amanhã. Vou buscar a garrafa. Finalmente em paz, ainda bem. O filme é uma porcaria!

✳

— Já acabaste? Tu hoje estás ligada à corrente...

Sorrio, enquanto pego nos papéis para os poder mostrar ao nosso chefe. Trabalhei muito, sinto uma energia fora do vulgar. Talvez a zanga contigo tenha detonado em mim um passo em frente, Alda. Deixaste-me — ou encontrei-me — mais livre. Atravesso o corredor e entro no gabinete. Não demoro mais do que vinte minutos e fica tudo decidido. Agora vou tratar do outro assunto — o lançamento do geniozinho.

Falta apenas uma hora para ele chegar e sairmos juntos para a livraria onde se irá apresentar o livro. Releio as notas do que quero dizer, sinto-me segura. Agrada-me a ideia de não estares lá hoje. Não cheguei a dizer-te o dia certo, estás amuada. Hoje serei só eu e o meu trabalho. É uma sensação excelente.

O tempo voa, em vez de me martirizar. Chegamos cedo, dispomos a sala como nos parece melhor, troco algumas ideias com o vendedor, para que o livro fique bem exposto. Começa a chegar muita gente. O programa de televisão terá sido o culpado disso. O geniozinho enerva-se, mas descanso-o; é natural. Perigoso seria um estado apático ou demasiado confiante.

Sou a primeira a falar. Explico como o livro me tocou logo nas primeiras páginas e como o interesse evoluiu em crescendo até ao final. Levanto uma ponta da história para deixar os ouvintes com água na boca. Falo da minha relação com o autor em termos de trabalho, elogio a sua simplicidade e humildade. Sei que isso será importante para a sua imagem junto de quem o vai ler. Depois passo a palavra à pessoa responsável por fazer uma apresentação mais a fundo, descanso, estou contente com o que disse.

Só então vos vejo. Tu, Duarte, estás a um canto da sala. Tenho consciência de que já aí te encontravas, só não me deixaste perceber que eras tu. Na última fila, com os óculos escuros redondos e um ar cansado, estás tu, Alda, quieta e atenta. Não falamos há três dias. Nunca pensei que te lembrasses. O meu coração bate agora com força. Ainda bem que só te vi neste momento!

Já está o meu jovem autor a falar. Sorrio quando me agradece a paciência e os conselhos. Conta como surgiu a ideia para o livro e a dificuldade em vê-lo ser aceite por uma editora. Provoca algumas gargalhadas, tem graça a falar, e acaba de uma forma bonita. É um geniozinho completo, isso agrada-me. Começa a sessão de autógrafos e eu procuro-vos na sala. Não te vejo logo, mas sinto um toque no braço. Aqui estás.

— Desculpa-me. Por favor, desculpa-me. — pareces-me sincera. Há quanto tempo não te sinto assim? — Estou muito orgulhosa de ti, falaste tão bem.

Dás-me um beijo e desapareces sem livro, talvez não queiras que descubram quem és. Depois vens tu, Duarte. Dás-me os parabéns, estás muito bem impressionado com a minha forma de falar do livro e do nosso trabalho, dizes que sou uma comunicadora nata. Sorrio. Quando me vês a procurá-la na livraria, esclareces:

— Respeita-a, deixa-a ir. Veio pedir-te desculpa, foi?

— Ai, agora o bruxo és tu...?

— E gostou?

— Sim, muito. Mas foi-se embora.

— Fez bem. — levantas o livro que tens na mão e dizes: — Tenho de pedir um autógrafo também, espera aqui por mim... Não demoro. — contudo, ao olhares para o número de pessoas que esperam numa fila ordeira, mudas de estratégia. — Ficamos aqui à conversa e depois tu vais lá comigo, achas bem?

Acho, claro. Conversamos. É só pena que a tua aparição e a tua frase tenham sido tão estranhas, Alda. Ocupas-me a mente.

Não pensou no dia, quando marcou o lançamento. Faríamos hoje anos de casados, meu querido. Mesmo assim fui lá. Terá percebido como foi duro para mim? Mas tinha de ir, é um momento importante para a carreira da Luísa, sei que ficou contente por me ver. Fiquei impressionada com ela, falou do livro de uma forma tão clara... É uma mulher interessante. Gosto tanto dela.

Estou com as luzes e o televisor apagados. Não quero que venha ter comigo, nem quero agradecimentos. Este dia é nosso, meu e teu. Na paz da minha cama, relembro todos os passos que demos naquele dia. Ficaram gravados em fotografias dignas de atores de cinema, mas ainda ficaram mais gravados no interior de cada um de nós.

Entrar na igreja, contigo à minha espera no altar, como se fosses um herói destemido... Esperavas por mim para me salvares.

Era quase verdade. Salvavas-me de uma vida pouco emocionante, por não conseguir partilhá-la com ninguém até surgires no meu caminho. Brincávamos com o AC e o DC: antes do casamento, depois do casamento. Sentimos assim aquele dia, uma viragem nas nossas vidas, como se tivéssemos chegado finalmente à nossa realidade — a certa, a perfeita.

Quando adoeceste, ficamos chocados, sentimo-nos traídos. Essas coisas só deviam acontecer aos outros, não a nós. Servíamos de exemplo para tantos, inspiramos tantos profissionais e tantas relações. Penso que houve instantes em que nos sentimos protegidos. Afinal, isso não era verdade. Para ti, um caminho breve de meses, para mim um calvário de anos sem ti.

Tomava comprimidos para te poder sorrir todos os dias, para te conseguir ver sorrir, para suavizar o que aí vinha. Tomava uma espécie de anestesia, agora tomo outra. A passagem dos comprimidos para o álcool foi tão simples, tão natural. Decidia quantos comprimidos ingeria, agora decido quantas garrafas. Sempre em controle, antes e agora. Sempre... Aquilo que se conta lá nas reuniões não se passa comigo, tal como nada do que se passa com eles é parecido com o que vivo. Nem sei por que vou. Não me entendem.

Procuro a garrafa na escuridão. Escondida atrás da mesa de cabeceira, não é fácil de agarrar, mas não posso arriscar-me a ser descoberta por uma Luísa fora de si, como sempre acontece quando aqui vem. Hoje não. Tu e eu temos direito a este silêncio e dor, o dia é e será sempre nosso. Bebo, bebo muito mais do que planeei, mas tu mereces, tu mereces-me confusa, anestesiada e menos sofrida. Fazemos anos de casados. Hoje. Hoje e sempre.

— Só me apercebi disso agora — explico. — A Alda sofre tanto nestas datas...

— O que é que isso tem de especial?

Olhas-me com uma tristeza que me inquieta. Eu sei, Duarte, sei que esperas que, a cada dia, eu me liberte mais destes esquemas doentios de pensar e de viver. Não é fácil, penso. Por isso, assustas-me.

Falta-me um guião para ser diferente. Não digo nada, mas tu adivinhas tanto... Suspiras antes de falar.

— Fico tão abespinhado quando anulas a tua vida com este problema da Alda... Nem sequer estás disponível para ti mesma.

Hesitas se deves aceitar a colocação no Porto, evitas datas e afastamentos, os teus dias são medidos pelas entradas e saídas de casa, se já lá foste, se estará bem, se deverias fazer qualquer coisa. E tu, diz-me? E tu...?

— Posso dizer-te tudo?

— Estou à espera disso.

Irrompo em choro. A Alda irrompe em mim. Tudo é despropositado, mas chegou a necessidade de falar. Também chegou o tremor do queixo, e sei que reparas nele.

— Eu nem sequer acho que esteja a fazer o que devia. Podia ir lá mais vezes, controlá-la mais para evitar as recaídas, partilhar as refeições para ter a certeza de que se alimenta melhor. Percebes? Eu faço pouco!

Dás um murro no volante, e isso assusta-me ainda mais. Estamos estacionados à frente de tua casa há mais de hora e meia. A conversa tem andado à volta de mim. Nunca falas de ti, nunca. Sinto-me ainda mais culpada, pois acabo de ver como tudo isto te perturba.

— Vais ficar chocada comigo, mas precisas de ouvir isto. Ninguém faz nada por ninguém numa situação destas. É estupidez da tua parte insistires em pensar que podes alterar alguma coisa. Enquanto a Alda não decidir que quer parar, não há nada que possas fazer para a levar por esse caminho.

— Tu estás sempre a dizer-me isso. Não percebo! Então como é que funcionam os AA? Não é para se ajudarem?

— Se quem os procura não quer ser ajudado, não adianta. Acredita, eu conheço um coordenador, eu sei que é assim.

— Conheces? E podemos falar com ele?

— Estou a dizer-te o que ele me contou. Não acreditas em mim, é?

O teu sorriso desconsolado prova como entendes esta necessidade de que um outro, um desconhecido, me traga uma nova luz. Desculpas-me de novo, e penso: se foi ele que te explicou os procedimentos, isso chega-me. Normalmente não falam com pessoas de fora, explicas. Repetes o que já disseste noutros momentos. Só esta urgência em encontrar quem me acompanhe é que fica.

— Como é que a Alda pode estar disponível para aceitar ajuda, mantendo sempre com aquela postura? Ela acha que ninguém tem o mesmo problema, que ninguém a entende. Por muito que te custe, Luísa, enquanto ela não decidir que quer pôr um ponto final na dependência, ninguém a pode levar a isso. Pior ainda. A Alda acha que se controla, que não tem nenhum vício…

— Mas tens de concordar comigo: depois de um dia em que quase não dá acordo de si, ela consegue levantar-se e ir trabalhar. De certa forma, existe controle.

Encolhes os ombros. Isso mostra-me o teu cansaço, não um assentimento em relação ao que digo. Fico aflita.

— Enquanto conseguir — comentas. — O que interessa agora é a tua vida. O que é que vais fazer dela? Se aparecer alguém novo nas tuas amizades, se quiseres viver de forma diferente, se quiseres mudar de cidade, viajar, se te apaixonares? Fico muda. Arrastar alguém para dentro deste suplício? Parece-me um erro e um egoísmo, seria impensável. Não me saem as palavras que te queria dizer. Parece-me que também não as queres ouvir. Estranho.

— Bom… — começas a preparar-te para abandonar a cena. Viras-te para mim, dás-me dois beijos e abres a porta. Antes de saíres, ainda acrescentas: — Não quero massacrar-te mais. Tal como a Alda, só tu é que podes decidir quando as coisas mudam. O vício da tua prima não é assim tão diferente desse que tens vindo a deixar crescer, mas entendo-te. Achas que está nas tuas mãos salvá-la. Não te julgo, longe disso. Entendo-te. Comigo, falamos disto. Com outras pessoas, não falas, provavelmente. Mas pensas nisto enquanto conversas de outras coisas. Isso ocupa-te, ocupa-te muito. A mim, preocupa-me. Preocupas-me muito. — agarras no manípulo da porta. — Fica bem, Luísa. És uma pessoa linda.

E sais. Fico a ver-te desaparecer no interior do prédio, enquanto permaneço no lugar onde vim. Não me apetece mexer, passar para o volante, guiar… Vejo a luz da tua sala que se acende, já chegaste. Não vens à janela. Mas sei que sabes que ainda aqui estou…

✳

De nada adianta fechar a porta com força. Revolto-me com o meu próprio passado, com as semelhanças e as diferenças. Pensava cada hora de sua vez, sem consequências, pois nunca as via ou previa. Andava dentro do vício, ele acolheu-me sem me perguntar nada, eu acolhi-o sem lhe perguntar nada. Um para o outro, vivíamos assim.

O primeiro passo levou anos a chegar. Levei anos a chegar à verdade e entender o primeiro passo. Admitir que era impotente perante o álcool? Que não controlava a minha vida? Quantas vezes me convenci do contrário? Tantas. Admitir ser um alcoólico é entregar a espada, render-se ao fracasso, era assim que pensava. Neguei tudo até me estatelar no chão de pedra de uma vida feita de areias movediças. Perdia-me, afundava-me.

— Sou alcoólico.

Sou? Sempre. Para sempre. O perigo espreita em cada vontade, em cada pensamento embriagado de que agora o controle me pertence. Não me vai pertencer nunca. Foi na humildade que descobri essa verdade tantas vezes repetida em palavras de outros. Só nas minhas palavras, de encontro ao chão, entendi a verdade.

— Sou alcoólico, — éramos todos. Um grupo, um coordenador a pastorear as conversas, as partilhas de fracassos, mas também de muitos sucessos, conquistas, recomeços. Faltava todo o caminho, mas naquele momento.

— Sou alcoólico, — surgiu como um propósito, chegar ao primeiro passo. Faltavam mais onze. Teria de os percorrer sozinho, mas nunca mais me sentiria só. Nas recaídas, nos regressos, era acompanhado por todos os que entendiam o que se passava. O grupo mostrava o passo seguinte, nunca me empurrava para ele. Descobrir, em cada etapa, que os passos são dados por nós, apenas por nós, fez-me crescer de novo, recomeçar a controlar a vida e não sendo controlado pelo álcool.

Apaziguo-me com o passado, mas não vou à janela. Sei que estás aí, permaneces quieta, tentando enganar as forças que já não tens para regressar à casa separada mas junta que tens dentro deste assunto. Demorei a chegar ao primeiro passo, mas dei-o. A Alda, não. Estás dentro de um sofrimento em passo lento, Luísa. Convidaste-o a fazer parte de ti, incapaz de ver para além da dor e da revolta, do amor e da tristeza, sem dar o passo que precisas de dar.

— Sou familiar de uma alcoólica.

És, mas estás presa na situação, não vês que, também para ti, existem passos para dar. Ser familiar de alcoólico também tem perigos, dependências, retrocessos e avanços. Eu estarei aqui para ti. Será que tu saberás estar aqui por ti, Luísa?

Ganho velocidade na descida. Esta rua tem uma inclinação contrária à que devia, sempre me disseste isso. É um sítio perigoso, o carro pode fugir-nos, avisavas. Vamos ver se estavas certo. Começo a sentir a adrenalina a subir, a sentir que é possível. Contudo, no último instante, não consigo. Talvez na próxima passagem. Sigo os acessos que me permitem voltar ao início. Desta vez não posso falhar. A velocidade aumenta, aumenta o meu desejo de acabar com isto. A curva aproxima-se, só o pé se recusa a atingir a posição máxima. Não sou capaz! O desespero que toma conta de mim é horrível. É então que perco o controle do carro. Já estou longe da curva mortal. Atravesso para a faixa contrária, a parte esquerda do carro raspa contra a parede até o carro se imobilizar numa árvore.

Não consigo sair do carro. Vejo um vulto que se aproxima. Vem fardado. Isto não correu como eu esperava. Tenho escoriações na cara, o braço esquerdo muito ferido, a alma despedaçada. A ambulância chega alguns minutos depois. Já se juntou muita gente. Eu estou envergonhada — não fui capaz. Espero que não me estejas a ver agora.

Estou na sala de espera há quase duas horas. Ninguém me explica nada. Num momento destes, teria optado por telefonar-te,

Duarte, mas sinto que não devo fazê-lo. Na verdade, o que sinto é que estou sozinha aqui. Finalmente, chamam por mim.

É um médico ainda novo. Acompanha-me até à sala onde estás. No entanto, não é para entrarmos. Vejo-te adormecida, e ele puxa-me pelo braço. Quer conversar primeiro, vamos para um gabinete. Aponta para uma cadeira, e eu aceito.

— A doutora Alda é sua prima? Há familiares mais próximos?

— Não. A Alda é viúva, não tem filhos, nem pais, somos só nós.

— Temos dúvidas acerca do acidente. Estava alcoolizada, isso percebeu-se logo, mas não terá sido uma tentativa de suicídio?

— Não sei. Espero que não…

— É alcoólica?

— Sim. Já fez várias tentativas para parar, nunca resultam durante muito tempo. Às vezes vai às reuniões dos Alcoólicos Anônimos, mas com pouca convicção, parece-me.

— A psiquiatra que falou com ela há pouco gostaria de tentar o internamento. A sua prima parece muito perturbada com a morte do marido. Foi há pouco tempo?

— Seis anos e tal… quase sete.

— Hum…

— Mas a Alda tinha de querer uma desintoxicação, não era?

— Ao propor-lhe o internamento, a psiquiatra recebeu uma resposta muito positiva. A doutora Alda disse-lhe que não pode continuar assim. Eu chamo já a psiquiatra, será bom conversarem uma com a outra.

Levanta-se e sai. Fico a pensar. Terás mesmo tentado suicidar-te naquele sítio? Falas muitas vezes na curva mortal, muitas mesmo, mas essa é um pouco mais acima. Estarás a tentar avisar-me de que podias fazer um disparate destes? E agora queres tratamento para o alcoolismo? Porque é que isto não me soa como devia?

— Fátima Gomes, como está?

Levanto-me de um salto, não tinha ouvido a porta abrir-se. Aperto a mão estendida que me cumprimenta. Fico surpreendida — é a mesma médica com quem falei há tempos. Não lhe fixara o nome, ou não terei chegado a saber qual era?

— O problema mantém-se, pelo que vejo.

— Sim, com altos e baixos. A Alda disse-lhe que queria fazer uma desintoxicação? Isso é bom sinal, não é?

— É comum, quando as coisas ficam mais descontroladas do que o habitual. Segundo a sua prima, a ideia era morrer naquela curva. Diz que não foi capaz.

— Acha que é verdade?

— Foi uma tentativa, sim. Nem sempre é simples perceber se foi a sério ou não, nem para o próprio isso fica claro. Podemos aproveitar este pedido e interná-la. Vamos ver como reage. Pode dar-me o nome do psiquiatra que a segue? Seria bom afinarmos estratégias.

Digo que sim, mas imagino-te a zangares-te comigo por isto. Se eu estiver certa, ele talvez não saiba da dimensão do problema. Quando me pergunta se tenho recebido apoio, envergonho-me.

A médica sorri.

— Não fique assim. É natural. Vou dar-lhe o nome de alguém que a pode ouvir e ajudar. Talvez não seja evidente para si até que ponto isto está a minar-lhe a vida, mas é uma realidade, está mesmo. Experimente.

Passa para as minhas mãos um papel com um nome. Não sabe de cor o número, mas diz que vem na lista telefônica. Voltamos a ti, Alda. Um internamento... Esclarece-me algumas dúvidas. Ali, no hospital, ficarás até ao fim da semana. Depois deverias ir para uma clínica para avançar com o tratamento. Então, já poderás ser seguida pelo teu psiquiatra. Pergunta-me se haverá problemas em pagar a clínica, respondo que não, ganhas bem, e eu posso ajudar-te. Pede-me que te visite apenas uma vez por dia e por pouco tempo. Pergunto por que, e a resposta é a inclusão do afastamento das duas no tratamento — teu e meu, diz. Explica que eu também preciso de uns momentos de pausa, até para conseguir ver o meu papel em tudo isto. Oiço-te, Duarte, nas palavras desta mulher. Aceito as condições, as sugestões e o descanso. Resta-me passar pelo quarto, pouco tempo. Ao levantar-me, as pernas fraquejam, mas a médica não comenta. Acompanha-me até lá.

Sexto passo

Não passou sequer um dia, e parece-me que estou aqui há séculos. Dói-me o braço e a cara, mas o pior mesmo é sentir-me envergonhada. Ainda bem que este não é o meu hospital. Está quase a terminar a hora da visita, e a Luísa ainda não apareceu. Será que não vem? Pergunto à auxiliar que me trouxe mais água. Tremo muito, mas ela não diz nada. Lembra-me de que os familiares também podem vir ao fim da tarde, talvez tenha optado por essa hora. Fico mais descansada, mas não por muito tempo. A dez minutos do fim da hora da visita, chega a Luísa, com umas olheiras de drama, como sempre, tentando puxar para ela a desgraça da minha vida. Quase a rejeito, mas paro a tempo. Trouxe-me uns bolinhos secos.

— Como é que te sentes hoje?

— Como ontem, nada mudou — respondo.

— O que foi aquilo? Queres explicar-me?

— Não ias entender. Não entendes nada... — e desvio a conversa. — Na sexta podes vir-me buscar e deixas-me na clínica?

— Claro, porque é que não havia de vir?

Mostra-se chocada, e eu entristeço. A raiva esvaiu-se depressa, estou envergonhada.

— Desculpa.

— Não precisas de pedir desculpa. O que importa agora é tratares-te. Aceitaste o internamento, isso deixou-me mais confiante.

— Resta saber se há futuro para mim.

Não costumo ser assim, mas os olhos estão mareados. Atrapalho a Luísa, que me abraça. Sabe-me bem, mas nenhuma de nós se entrega.

Em que altura, depois de tudo o que fomos e fizemos juntas, nos afastámos?

— Eu queria morrer naquela curva. Não fui capaz.

A Luísa encara-me, assustada e triste.

— Mas por quê?

— Era tudo mais simples. Já não te pesava tanto, podias organizar a tua vida sem mim, era tão mais fácil.

— Não digas essas coisas, Alda! Eu quero que fiques boa, que possas voltar a ser a pessoa brilhante que és, sem percalços. Não é a minha vida que está em causa, é a tua.

Percebo o que diz, mas isso já não existe há muito tempo. A minha vida sem ti não existe. Pena não saber explicar-lhe isto, iria entender-me melhor.

Começo a ansiar pelo aviso do fim da visita. Não temos nada para dizer uma à outra, somos de dois mundos distintos. São os cinco minutos mais longos deste dia.

Abri todas as janelas de tua casa, Alda. Irias ficar irritada, mas não vais chegar a saber. Apetece-me esvaziá-la de cheiros, de palavras enraivecidas, de pensamentos viciados. Se pudesse, enxotaria este luto também, mas nada o poderá apagar, muito menos eu. É por causa deste teu desgosto que duvido que alguma vez te cures. Essa certeza custa-me, atira-me para um cenário onde a esperança não cabe.

Passo pelo *hall* — tão simples neste presente que é o meu, tão difícil assim que voltares — e entro no meu lado. Hoje esta casa será também uma daquelas que me habituei a espiar da rua, com janelas que mostram vidas sem este problema dentro. Percebo o quanto isto é falso. Lembro-me de ti, Duarte. O problema maior é o reflexo que faço de tudo, o drama que permito existir em mim. Não, a minha janela não será como as outras, não enquanto eu viver assoberbada pela existência sinuosa de uma prima que desistiu de viver. Não. A minha janela não será como as outras porque eu permito que este reflexo me deixe assoberbada.

Deambulo pelas divisões e descubro novidades em cada uma. Sinto que estou a vê-las pela primeira vez, a reinventá-las. Tudo me parece diferente ou a precisar de ser descoberto. Um pormenor no canto da sala, a toalha que contrasta com a cor do cortinado da banheira, a torradeira a condizer com o fogão, as chaves pousadas na mesa da entrada. Descubro uma ligação ao espaço tão afastada da habitual, que quase me choca. Nem no primeiro dia a casa se pareceu com isto.

Sento-me no sofá da sala, bem perto da parede que mais dissabores me traz. Sinto-me bem. Ligo o televisor para ouvir as notícias. Abro a mala e leio o nome naquele papel, um nome em forma de ajuda. Puxo para mim a lista telefônica e assento o número. Ligarei quanto antes, talvez amanhã de manhã. No entanto, hesito. Estou de férias de tudo isto, não quero falar mais.

O telefone toca, e eu assusto-me. Pego no auscultador para te receber.

— Conta-me... — peço-te. Preciso que sejas tu a contar qualquer coisa.

E tu vais relatando como entregaste o projeto em mãos, como se mostraram primeiro desconfiados, depois mais curiosos. Prometeram dar uma resposta brevemente, dizendo que calculam que outros sítios estejam também interessados. Rimo-nos da ideia, como duas crianças, pois não há nenhum "outro sítio", pelo menos por agora.

Não perguntas nada sobre a Alda, e quase sinto a vertigem de poder não pensar nisso. Combinamos um almoço, no domingo, em tua casa. Queres dar-me a provar uma receita que descobriste numa gaveta, escrita num papel velho de quando estavas no curso, aquele da Holanda. Digo-te que já deve ter passado de prazo, e tu respondes-me com um:

— Tens coragem, ou não?

— Para provar a tua comida? Talvez... Se não aparecer, já sabes o porquê.

— Se não apareceres, ligo a outra. Não eras tu que querias ver-me cheio de namoradas à volta? Não eras...?

— Mais ou menos... Só que eu não sou tua namorada.

— Pois não, mas tens pena.

Desligas, entre brincadeiras e frases que me desafiam. Fico a pensar. Não sou tua namorada, nem serei, isso é óbvio. Óbvio, por quê? Porque pensei que seria um enorme egoísmo trazer alguém para a minha vida com este problema, ou porque tu nunca mostraste um entusiasmo por mim capaz de ultrapassar a amizade? Não me interessa descobrir qual é a resposta.

Respiro fundo, saboreando as férias de ti, Alda. Logo a seguir, vem o remorso. Oscilo entre uma coisa e outra, e volto a olhar para o papel. Não, quero descansar. Telefono depois.

Adormeço em lençóis de expectativas e desilusões, remorsos e fúrias, cansaço e descanso. Durmo mal, mas isso já não me surpreende.

✳

— Estás a escrever?

— Estava, claro, que mais estaria eu a fazer com um papel na mão, com um lápis mal afiado a rabiscar segredos de temperos e tempos?

O papel, amarrotado e sujo, neste hoje em que me encontro, lembra-me desses momentos amarrotados e sujos, sem horas nem regras, sem sobriedade nem receios, numa vida embriagada de concertos, moedas, refeições emagrecidas, soluções adiadas.

— Estás a escrever tudo?

— Estou, não vês que estou?!... Desculpa, que parvo.

O David ria-se de mim. Ele sempre fora cego, eu é que estava cego para a minha vida, sem encontrar portas para sair dela, sem motivo para sair dela.

— Pareces um maltrapilho — disse-me numa brincadeira séria. Sujo, desmazelado...

— Agora és tu que estás a ser parvo! Tu não vês nada disso!

— Basta o cheiro...

Levei a camisa ao nariz, comprovei o que já sabia, meti a fralda para dentro. O David não comentou, mas ouvia os sons e adivinhava os gestos.

— Está melhor assim?

— Muito melhor. Só falta um banho. Recomecemos... Pões a margarina a derreter primeiro, não te esqueças disto, é importante.

Eu já não escrevi mais nada, porque naquele papel meio escrito ficou a noite que me mostrou a evidência — tinha de voltar para casa. A receita decorada como um trauma, a partir de um papel rabiscado em palavras bêbadas.

Retomo a lista de ingredientes, recomeço. Não me esqueço de como foi importante o David ver-me assim.

✳

Esta clínica é simples, quase pobre, mas com um ambiente simpático. Ninguém faz referência ao alcoolismo fora do apertado gabinete onde falamos com os médicos. O meu psiquiatra veio cá quando cheguei, mas diz-me que vai estar num congresso toda a próxima semana, o que até calha bem. Vou poder contar tudo do início a outra pessoa, explicar-me. Ainda só vi a tal médica de raspão, cheguei tarde e cruzamo-nos na entrada. Continuo a medicação com que vinha do hospital, por cautela. Serei avaliada hoje, segunda. Engracei com a cara dela. Apetece-me conversar, penso que será boa ouvinte. Talvez me entenda.

Deixei-me ficar no meu quarto a maior parte do tempo. Queria estar contigo. É terrível sentir que aqui é mais difícil, não percebo por quê. A Luísa só veio ver-me no sábado, domingo tinha de ir a uma feira do livro no Alentejo com o geniozinho. Pareceu-me que mentia, mas não tenho a certeza. Ficamos na sala, no meio dos outros doentes, quase sempre caladas. Que conversas podemos ter?

Chamam-me, finalmente. Vou para o gabinete, a médica indica-me uma cadeira. Pergunta-me há quanto tempo bebo. Penso que é uma forma um pouco bruta de começar, mas vou responder-lhe. Há quantos anos morreste? Seis anos e dez meses, é essa a resposta que lhe dou. Impressiona-se com a precisão na contagem dos meses, e eu explico, tu vais comigo.

Não cruzo o olhar com ela tantas vezes como sei que precisaria. Assim não lhe dou a possibilidade de me interromper. Tem de ficar a saber o que fomos, cada um e juntos, como foi a nossa vida. Quando falo dos últimos momentos, quando tu agonizavas, começa a querer mais pormenores, está finalmente a anotar coisas.

Interessam-lhe mais os comprimidos e a bebida do que tu. Mesmo que tente agora suavizar as coisas, já estragou a imagem que eu tinha dela. Afinal, só se preocupa com o que bebo ou não bebo. Deixa-te de lado. Não lhe perdoo, e fecho-me. Muito dificilmente me abrirei de novo.

Muda a medicação, e eu resolvo mostrar-lhe a médica que sou. Eu sei o que tenho e o que devia tomar. Fica chocada, mas não desarma, nem eu. Fala da história do distanciamento necessário, para que se tenha uma visão clara do problema, explica que não posso saber o que é melhor para mim; irrita-me. Cedo por fora, não por dentro. Ninguém sabe de nós… Só eu e tu, onde estiveres.

*

No regresso da clínica, venho com a cabeça cheia de opostos e esperanças mortas. Sinto-te muito zangada, Alda, não percebo. Falas da nova psiquiatra com uma raiva pela qual eu não esperava, sobretudo nunca depois de uma única consulta. Tinha um recado da médica para que lhe telefone amanhã de manhã, deve querer dizer-me qualquer coisa. Talvez possa ficar a saber o que não me disseste.

Entrar no prédio sem verificar se o teu carro está direito ou torto, chegar à porta do nosso andar sem cheirar o *hall* à procura de indícios, tudo isto é novo. São quase oito horas, e a noite prepara-se para me receber, sem me impor visitas constrangidas, nem remorsos por não ter ido ver como estavas. Sinto que sou mais capaz de te amar quando estamos separadas, e isso entristece-me.

No frigorífico encontro um tachinho, a dona Lena veio. Destapo-o, curiosa, e encanto-me com um arroz de peixe, que cheira e parece uma iguaria. Só quando me sento à mesa para comer me vem à memória o almoço de ontem, a receita deliciosa que me preparaste, Duarte, as conversas que tivemos. Sei de cor a parte mais importante, e reproduzo-a na minha cabeça vezes seguidas, enquanto o arroz passa de quente a morno, e acaba frio.

— Não estás a querer contar-me, é melhor admitires isso — brinquei eu.

— Longe disso. Nem sequer é uma questão de querer, ou não, é uma questão de ser o momento, ou não. Vais saber tudo na altura certa.

— Mas desde quando é que temos segredos, diz-me lá?

— Sempre tivemos segredos, minha tonta, sempre. E acho que foste tu que começaste, quando te embeiçaste por aquele dengoso... Nem me lembro do nome do tipo, imagina. Descobri quanto tempo depois, diz lá? Aí uns cinco meses!

— Cinco dias, no máximo. Vá lá, Duarte, conta-me a história inteirinha dessa namorada possessiva, que te afastou de mim aquele tempo todo. Não sejas irritante! Se podes contar daqui a um tempo, podes contar agora. Que diferença faz?

— Faz toda a diferença, Luísa, toda...

A garfada sobe-me tão mal, que volto a enfiar o prato no forninho. Terá sido uma relação homossexual? Isso explicaria muita coisa... Sou despertada das minhas cogitações pelo tempo. Abro o forno. Volto a saborear o arroz quente, apetitoso. Olho para dentro do tacho — vai dar para duas refeições. Um pormenor que me alegra. Mergulho de novo nas memórias:

— Não te percebo — zanguei-me.

E tu levantaste-te da mesa, abraçaste-me e deste-me um beijo no pescoço. Sussurraste ao meu ouvido que, quando fosse oportuno, saberia de tudo. Mudaste de conversa. Contudo, eu repito o mesmo filme, rebobinando a cena.

— Não estás a querer contar-me, é melhor admitires isso.

— Longe disso. Nem sequer é uma questão de querer ou não, é uma questão de ser o momento ou não. Vais saber tudo na altura certa.

— Mas desde quando é que temos segredos, diz-me lá?

Sim, diz-me lá? Nunca tivemos, e sabes disso muito bem, Duarte, porque é que estás tão relutante em falar do único período da tua vida que eu não acompanhei? E se te apaixonaste por um homem, achas que me vou chocar com isso? Tens receio de que não te aceite? Não me conheces o suficiente para saber que gosto de ti como és, sempre?

Nova garfada, novamente fria. Afasto o prato. Nem me apetece comer mais. Sou surpreendida pelo toque da campainha.

Vou primeiro ao intercomunicador, mas percebo que alguém bate com os nós dos dedos na porta exterior. Abro. Tu?!

— Fugi.

— Oh, Alda, que disparate!

— Aquela psiquiatra é louca, trocou os remédios todos e eu já nem consigo recordar certas coisas como devia! Não quer saber se sou viúva, nada! Dá-me a chave! Não tenho a mala, tiraram-me tudo.

Volto para dentro, mas para agarrar na minha carteira e nas minhas chaves. Puxo-te para o elevador, indiferente às queixas e aos gritos que dás, tento não ouvir os insultos. Acabas por te portar bem no parque de estacionamento, quando nos cruzamos com vizinhos. Pago ao taxista que esperava, e apago do seu olhar o receio de ter feito asneira, ou de não receber a corrida. Tranco o carro e a expressão. Arranco. Estou decidida a levar-te de volta e a desfazer quem te deixou sair. Guio em silêncio, o que não faz qualquer diferença, tu também amuaste.

Ao chegar à clínica, deparamo-nos com uma enorme agitação — está instalado o pânico. Um carro da polícia parado à porta, gente que anda de cá para lá, imagino as consequências. A responsável da noite fica aliviada quando nos vê. Corre ao nosso encontro, falando para os polícias pelo caminho, que se dirigem ao carro e conversam, anotando qualquer coisa em pequenos cadernos. Vejo, ao longe, a razão que provoca em ti uma reação agressiva. Também vem na nossa direção. Dirige-se a mim:

— Podemos falar?

É assim que fico a saber como foi a consulta, como tu contaste do teu luto, como explicaste a diferença entre ti e um alcoólico, de como não queres tomar a medicação que te permitirá fazer uma desintoxicação. Fico a saber de tudo. Um cansaço profundo toma conta de mim.

— O psiquiatra que segue a sua prima ficou muito preocupado ao descobrir a gravidade da dependência. A sua prima sempre foi para as consultas sóbria, nunca mencionou o alcoolismo como um problema, só falava da depressão, do marido, na dificuldade em prosseguir com a vida. A senhora sabia disto?

— Desconfiava... Mas digo-lhe: há uma coisa que eu não percebo nisto tudo. Como é que a Alda consegue ter um dia péssimo e no seguinte estar fresca para trabalhar? Duvido que os colegas se tenham apercebido do que se passa, ela é uma médica brilhante.

— É inteligentíssima, e sabe como agir. De certa forma, ela ainda tinha algum controle sobre isto, mas parece-me que tem vindo a perdê-lo.

— É o que eu sinto, também. As coisas pioraram muito nos últimos tempos. Nem o trabalho a motiva como dantes. Parece que desistiu.

— O importante é que não se culpe.

— A Alda?

— Não, estou a falar de ti.

— Ah... Não é fácil. Acho sempre que faço pouco.

— Ninguém pode substituir a decisão do próprio, a sua prima tem de querer parar.

Volto para casa, com uma escuridão sobre a alma. Aos poucos, vai-se esvaindo a agitação que tudo provocou, mas nada apaga esta falta de esperança — algum dia voltarás a ser tu? Parece-me que não. Sinto que te perdi, sinto que és outra, e isso é triste, muito triste.

Sinto-me presa. Prenderam-me aqui e não me compreendem! A semana passada arrastou-se, esta vai pelo mesmo caminho. É bem pior agora, com os dois psiquiatras a conspirar contra mim. Não reconheço o meu depois de a outra lhe ter enchido os ouvidos com coisas acerca do meu "problema", como ela diz. Sei que proibiram a Luísa de me visitar todos os dias. Só isso explica que venha dia sim, dia não. No fim de semana esteve uma grande parte da tarde de sábado, mas foi só para se poder esquivar no domingo. Já nem inventa desculpas, pura e simplesmente não vem.

Quem ainda me faz esquecer este estúpido sítio são os homens das obras. Andam a rebocar a parede exterior da clínica, falam muito e não se importam de conversar comigo. Um deles tem uma filha com asma, anda aterrado com a saúde da criança. Disse-lhe com quem deve ir ter, dei-lhe o telefone da pneumologista em quem mais confio, cheguei mesmo a falar para ela, pedindo-lhe que olhe por esta menina. Ele desfaz-se em agradecimentos, o que nem faz sentido. Os outros vão atrás, tratam-me como se eu fosse uma rainha. As tardes são mais fáceis de suportar, ali no jardim, enquanto os vejo trabalhar.

As manhãs são o que se sabe. O meu psiquiatra quer que aquela megera me siga durante o internamento aqui, não valoriza as minhas queixas e desconfianças. Deve ser por vingança, deve achar que o atraiçoei. Sinto que se instalou uma barreira entre nós. Nem adianta dizer-lhe que me controlo, que não sou alcoólica, que só estou farta da vida! Avisa-me de como todos pensam assim, e não me ouve quando digo que não sou como os outros!

— Ai, senhora doutora, a menina parece outra...

Desperto para a realidade, para os meus companheiros de clínica. Sorrio-lhe, enquanto puxo a cadeira para perto deles.

— Vai apanhar muito pó nesse sítio — avisa-me, mas eu não ligo. — Aquela médica que me indicou tem sido um anjo. Recebeu-nos anteontem e nem nos levou dinheiro. Explicou-nos tudo. Um anjo, acredite!

— Acredito, claro, sei muito bem que lhe indiquei a melhor pessoa possível.

Reparo então num saco. Está cheio de cervejas. Ele apercebe-se desta atenção que se prendeu ao saco.

— Vai uma cervejinha? Ah, se calhar não pode, por causa da medicação, não é?

— Não estou a tomar nada, vim para aqui para descansar e recuperar forças. Nem costumo beber, mas olhe que uma cerveja apetecia-me.

O homem desfaz-se em sorrisos, e eu também. Saboreamos as cervejas enquanto conversamos. Os outros dois também se juntam a nós. Sabe-me bem este diálogo sobre coisas triviais, sem ter de ser um discurso pensado. São homens sãos, bem-dispostos. Têm vidas tão diferentes da minha, tão mais simples e tão mais complicadas. Gosto deles.

Amanhã voltarei. São estes homens que me vão ajudar a passar o tempo aqui. Dão-me um novo alento. Ajudam-me a lembrar de ti. Assim já consigo, mesmo aqui, neste lugar sinistro, e não me interessa que a Luísa me evite. Estou bem assim, de férias de tudo — da Luísa, do hospital, da casa, da constante dissimulação. De férias...

— Consegues entender isto? Consegues? Eu não!

Estou tão irritada que falo alto de mais. Fico um pouco corada, e sei que tu estás a observar-me. Continuas a saborear o café que fiz, comendo migalhas de um bolo que já desapareceu. Não comentaste nada durante os minutos que gastei a desabafar.

— Por que é que estás tão calado, Duarte?

A minha voz sai quase sentida. Ele sorri, um pouco amargurado.

— O que é que há para comentar? Eu só não percebo como é que ainda te espantas com essas coisas. Quantos dias durou a brincadeira? Três? Posso imaginar a aflição dos homens quando lhes disseram a verdade. Com esses é que me preocupo. Podem ficar numa situação delicada, podem não voltar a chamá-los para outras obras, podem ter hipotecado um cliente. Ninguém consegue resistir ao charme da tua priminha... É só ela querer, e tem o mundo a seus pés.

— A mim não tem!

— Não?

Levantas-te e vais servir-te de mais café. Espreitas para dentro do pacote, onde já estiveram quatro queques, e onde agora já não existe nenhum. Encolhes os ombros, resignado. É a minha vez de desconversar, pois não quero que repitas as lições do costume.

— Comeste três, Duarte, ainda querias mais?!

— Sou um homem de excessos. Eram mesmo bons. Compraste-os onde?

— Na padaria da esquina.

Voltas a sentar-te à mesa. O café na mão, uma expressão de expectativa no rosto.

— O que foi? — pergunto-te.

— Ainda não tens nada para me contar? Já decidiste?

— Do Porto? Não. Agora seria muito difícil…

— Pois, pois, a Alda não te tem nas mãos, claro, eu é que ando distraído.

Recostas-te na cadeira, numa postura que me mostra o teu cansaço, ou será frustração?

Um nó ata-se dentro da minha garganta. Levanto-me, com a estúpida intenção de disfarçar, mas tu seguras-me pelo braço. Forças-me até voltar a sentar-me.

— Como é que tem sido isto de estares aqui sozinha em casa?

Faço um gesto evasivo, tu não mo perdoas.

— Deves-me pelo menos isso, Luísa…

Escondo a cara nos braços, mas já não consigo esconder o choro, nem o remorso, nem a raiva, nem a culpa, nem o prazer de estar longe da presença asfixiante do álcool, nem a imensa vontade de aceitar o trabalho no Porto. Sinto-te a afagar-me os cabelos. Não dizes nada. Quando me pegas no queixo, e olhas diretamente para os meus olhos, deixas-me ver a profunda tristeza que sentes, e isso assusta-me. Limpo as lágrimas com as costas da mão, fungo e espero que me digas qualquer coisa. Ia jurar que hesitas, que podias ter-me beijado agora. Sei o quanto me apetecia que o tivesses feito. Mas apenas recebo os teus lábios pousados de leve na testa, interrompendo o caminho até à porta. Sais. Não entendo, choro ainda mais. Sinto-me tão sozinha!

Podia, mas não o fiz.

Não falei, não me expliquei, não te dei o beijo de que precisavas, de que eu precisava.

Perco-me dentro da teia que construí para te ajudar sem pensar em mim. Eu estou aqui, o amor também, mas não posso, não posso levar-te comigo para outro pesadelo. Chega o que tens, chega o que eu tenho.

O meu pesadelo? Acordei desse outro, antigo, sou outro, sei que sou. Mas serei sempre o que tu não podes aceitar de mim. E tu,

Luísa, passaste a ser o novo pesadelo em forma de sonho, aquele que nunca poderei atingir.

Não falei, não me expliquei, deixei-te com um outro pesadelo que não entendes, num beijo que não te dei, de que precisavas tanto como eu. Perco-me nas dúvidas, afogo-me em certezas. Não posso ter o sonho que és para mim. Não posso ser egoísta em ti. Não te posso ter.

Sétimo passo

O telefone arranca-me da apatia em que me encontro. Poiso o livro dos contos, que não estou a conseguir ler. Nem ele a mim — hoje nem sei escolher as respostas que me levarão a outro conto. Atendo com alguma preguiça e sou atirada de imediato para uma realidade diferente da minha.

— Doutora Luísa?

— Sim. Quem fala?

— Francisco Chaves, estou a falar-lhe em nome de uma editora recém-criada, a Palavras com Sentido. Tem um minuto para que possamos conversar?

— Claro.

Com curiosidade, consulto o relógio. São quase oito da noite. Um telefonema de uma editora a estas horas? E o homem adivinha-me a desconfiança.

— Peço desculpa por estar a ligar tão tarde, mas achei melhor não telefonar para o seu emprego. O assunto é delicado...

Quando finalmente desligo, sinto o coração assustado. Ou será entusiasmado? Ir para uma editora nova? Fez imensos elogios ao meu trabalho, disse que esteve no lançamento do geniozinho, mostrou que sabe muito mais de mim do que imaginei ser possível. Questiono-me: quem lhe deu o meu contato? Estive quase a perguntar-lhe isso, mas não tive coragem.

As ideias atropelam-se, deixando o meu pensamento como uma avenida movimentada, com muitos semáforos a quererem que eu hesite, ou que ande, ou que pare. Várias passadeiras, e em todas elas és tu que atravessas, Alda. Não me lembro de como se metem as mudanças, troco o acelerador pelo travão, faço mal o ponto da situação, vou-me abaixo com as hipóteses. Regressa sempre o mesmo código da estrada — a editora é fora de Lisboa, num cenário que se repete. Se acreditasse em que o universo me manda pistas, esta seria uma bastante clara. Será que acredito? Vacilo.

Disse-lhe que não pretendia deixar a empresa onde estou, falei-lhe nas novas responsabilidades, embora não as tenha ainda assumido. Nesse instante, o pensamento guinou, fazendo-me rodopiar por entre as minhas intenções — afinal, quero ir para o Porto? Aquilo que sei resume-se a constatar que minto muito bem ou que estou a pensar dar um passo em frente.

A noite brinca comigo. Não, Alda, não é só por ti que fico acordada, não hoje. Tu estás sempre dentro de todas as decisões, mas o que atira o meu sono para a berma é esta sondagem de uma editora que nem conheço. O desafio alicia-me, mas é cedo demais para embarcar numa viagem destas. Sei que decidi o mais correto, ao dizer-lhe que agradecia o convite, mas que o declinava. Ainda posso, e quero, dar o meu contributo para a editora que me acolheu, que me formou em páginas somadas. Só depois poderei mudar de capítulo.

São três e dez, ainda não adormeci, pelo menos é a sensação que tenho. Rio por dentro, recordando o nosso avô — dizia que não dormia, mas ressonava à nossa frente como quem rosna à vida, essa vida que teimava em deixá-lo esquecido na terra, dormindo de cabeça direita no sofá. Devo estar a fazer o mesmo... Aquilo que gostava era de te telefonar, Duarte, para partilhar este convite contigo, para te convidar a partilhares comigo as tuas ideias, os teus segredos. Contudo, arrefeço a vontade por duas razões: as horas e o teu silêncio naquele dia.

Tomo a decisão de pôr o meu chefe ao corrente do convite, devo-lhe essa transparência. Adivinho que vai insistir na minha ida para o Porto. Tenho mais uns tempos para decidir, o lugar é meu, vai repetir-me isso. Ou mudará de ideias quando lhe contar? Irrito-me com este desejo de que alguém decida por mim. Embora aliciante, não quero que tomem decisões por mim. Não...? Adormeço depois de olhar uma última vez para o relógio. Quatro e trinta e cinco.

— Que me diz desta solução?

Qual solução?, apetece-me gritar-lhe. Não há meio de chegar ao fim deste suplício. Já lhe expliquei que quero voltar a ser seguida pelo meu psiquiatra, não sei porque insiste em falar comigo todos os dias. Estou proibida de ir para o jardim enquanto as obras decorrem, como se fosse preciso... Tenho vergonha do que agora pensam os meus amigos das cervejas e das conversas.

— Vejo que está a ponderar...

Não, não estou. Estou a gastar tempo. Sei que tem outra pessoa para receber às onze, faltam dez minutos para deixar de a aturar. Que raio de solução me está a propor agora? Não ouvi, nem me interessou, nem aceitaria uma proposta vinda desta médica. Embrulhou-me bem. Engracei com ela no primeiro contato e não costumo enganar-me. Desta vez falhei a avaliação, mas não volto a cair nas suas mãos.

— Doutora Alda, eu não sou parva. Já percebi que a sua estratégia é cansar-me, para me obrigar a desistir das minhas intenções. E sabe que mais? Vou desistir mesmo. A partir desta tarde, só o seu psiquiatra poderá decidir o que fazer ou não com você. Aliás, conversamos tudo ontem. Abandonará a clínica depois de amanhã. Queria só perceber se mantinha esta sua teimosia em rejeitar o que lhe proponho. Pode sair, a nossa consulta terminou.

Despeço-me num sopro de voz e encaminho-me para o meu quarto. Quero voltar para casa, acabar com esta farsa — eu não sou alcoólica como os outros, controlo-me sempre, não preciso de atenções, nem de estratégias terapêuticas. E estou doente por dentro, negra pelo luto, sinto-me abandonada. Preciso de ti. Preciso da única coisa que não posso ter. Ninguém me compreende.

Palavras com Sentido. Achei que era disso que precisavas, Luísa, de palavras com um sentido. Foi fácil, muito fácil. Uma conversa tida há semanas com um desconhecido conhecido do Miguel, e, conhecendo-te eu tão bem, sabia que rejeitarias a proposta. Foi mesmo muito simples falar de ti, da forma como te dedicas ao que fazes, da tua exigência e profissionalismo. Fiz-lhe um pedido, sim, mas não para que te convidasse. O pedido era bem mais subtil, não me revelar como intermediário.

Posso adivinhar que, se chegarem a contatar, irás interrogar como conseguiram o teu telefone. Não poderiam ligar para a tua editora, claro. Fui eu, Luísa, não para te afastar de mim, mas para te empurrar para ti mesma, para as decisões, para o teu caminho, para encontrares as tuas escolhas.

As palavras que lhe disse tinham um sentido, o teu. Disso ele não sabe, mas eu sei. Sinto as palavras que podia entregar-te, em mãos, mas essas não têm qualquer sentido. Talvez um dia te conte. É apenas um pormenor. O que precisava mesmo de te contar é o que não posso. É um todo imenso, não posso deixar que te esmague.

Palavras com sentido. O meu sentido das palavras que te escondo. Tu.

— Gostaste do filme?

— Claro, Duarte. Tu, não?

— Um bocadinho previsível, mas foi engraçado.

De que será que gostamos mais? Do cinema ou do batido a seguir? O cinema Londres é o nosso preferido. Instalamo-nos nos bancos altos e demoramos o tempo de sempre a pensar, para depois escolhermos os batidos de sempre. Isto diverte-nos. O problema é a sombra que instalaste em mim, Duarte — a tristeza que vi, o beijo que não me deste, o beijo que desejei. O tempo passa e não ilumina essa sombra.

Por vezes, deixamos que os assuntos não voltem à conversa, enquanto sabemos que se mantêm à conversa com os nossos sentimentos. Falamos, descontraídos. Conseguimos. Estamos a comemorar a luz verde ao teu projeto; apenas te atrasaram a ideia por uns meses, mas isso nem te aflige. Dizes que é bom haver mais tempo para poderes burilar arestas. Dantes não eras assim, tão perfeccionista; agora és muito cuidadoso e gostas de prever todas as hipóteses.

Oiço-te e observo-te. Não me enganas — também me estás a observar e até a ouvir o que penso enquanto falas. Invertemos os papéis logo de seguida, quando te conto do convite da nova editora. Não ficas admirado, e isso faz-me franzir o sobrolho.

— Percebeste o que eu disse, Duarte?

— Muito bem. Não me espanta nada.

— Não sei como é que descobriram o meu telefone...

— E a Alda ouviu a conversa?

A pergunta derruba-me. Não sei.

— Parece que fizeste uma asneira, Luísa, és tão tonta! E se tivesse ouvido?

— Não falei no Porto, mas disse que estava prestes a assumir outras funções na editora. — de repente, percebo a jogada. — Tu gostas de me ver preocupada... Sabes muito bem que a Alda só chega amanhã.

— Mas foi uma boa partida, diz lá se não foi?

— Tive tanta esperança na nova psiquiatra, e não deu em nada.

— Luísa, estávamos a falar de ti, não era?

Não respondo logo. Estávamos, eu sei. Volto ao assunto.

— Hoje contei ao meu chefe. Ele riu-se.

— Riu-se?! Foi ele que pediu ao outro para te acordar...?

— Não! Riu-se porque acha que tem de agradecer a quem telefonou por me ter mostrado que eu tenho valor, essas coisas...

— É o que digo, foi ele que encomendou o servicinho ao outro.

— Só não me pareceu tão entusiasmado com a ideia de eu sair da delegação de cá como dantes... Nem falou nisso.

— Fartou-se de esperar.

— Não, acho que não. — hesito. — Pois, não sei. Foi só uma sensação.

— Tens de pensar por ti...

O enorme vazio esmaga, sem aviso, a nossa conversa, atraiçoa-nos. Chega de repente e instala-se. Pior, aceitamos que nos esmague. Entranhou-se naquele dia, hoje reveste-se de silêncio. Existe um assunto que não queres partilhar, dizes que só quando for oportuno, não entendo. A decisão está nas tuas mãos, penso. Ou será que não?

Um arrepio faz-me endireitar as costas. Até onde esperas que eu espere, Duarte? Baixo os olhos. Eu não sei o que sinto. Confundo-me entre o sonho, o beijo que não veio, o quanto gosto de ti. Tu te manténs imóvel. Afago a tua mão. Ficamos assim, ambos de olhos presos nas mãos que se tocam. A decisão nas nossas mãos. Nenhum de nós avança.

Ganho coragem e encaro-te. Tu sorris, Duarte, com a tristeza de novo a separar-nos. Fazes-me sinal para que não diga nada. Sinto-te quase comovido. Obedeço, porque me parece que tu obedeces a outra causa maior. Só não sei qual será.

Sinto-me encurralado.
Abro a janela, apesar do frio.
Ignoro a chuva, embora o vento a atire sobre mim.
Sufoco.
Afastar-me de novo?
Nenhum de nós merece isso.
As tuas mãos nas minhas, Luísa.
As minhas razões contra ti...
Não contra, apenas a inventar uma distância.
Uma distância que ainda preciso de manter, ou que sempre precisarei de manter.
Uma distância que te proteja. Ou que me proteja de te magoar.
Cada vez mais difícil.
Amo-te em sofrimento.
Amo-te no sofrimento que impus a mim mesmo.
Sufoco.
Afastar-me de novo?
Tu não mereces. Eu… talvez.
Cada vez mais difícil.
Sufoco.

Guio dentro do silêncio que me impões. Os óculos redondos e escuros escondem a tua cara inchada pela medicação, os óculos grandes, que tentam disfarçar o que tu não consegues. O prédio recebe-nos deserto, o *hall* também. Ajudo-te a arrumar a roupa, porque não consigo ajudar-te a arrumar a vida. Pergunto-me se saberás o quanto te amo. Observo-te. Agradeces em sorrisos pouco sinceros. O que será que agradeces? Sinto-te irritada. Não conheço as razões.

— Voltei para o meu psiquiatra — disparas por fim, e tudo se encaixa. — Aquela médica era tenebrosa. Não faz ideia do que é o meu problema, e é bruta, insensível.

Não respondo. Fiquei sem palavras que se ajeitem a ti.

— Tens de perceber uma coisa, Luísa, eu não tenho o problema que os outros têm.

— Estás a falar do alcoolismo?

— O meu problema é diferente! — Assustas-me com a agressividade que usas para me calar. — Nunca vou conseguir escapar a este luto. Nunca! Qual álcool! Será assim tão difícil de compreender?

O choro rompe-te o teatro, desgoverna-te a voz, desencadeia-te uma pena, uma profunda pena de ti mesma. Isto confunde-me — não o que vejo, mas o que não consigo sentir. Nada mais existe para além da necessidade de não discordar de ti. Ou melhor, discordar por dentro e ficar impávida por fora. Estou a ficar também insensível, penso. A Alda que amo ficou presa num passado que se esbate. Tu continuas a contar.

Tratou-te como se fosses uma viciada, como se não tivesses razões suficientes para querer pôr termo à vida e à estupidez dos teus dias, para os embriagares de coisas diferentes. Estás zangada para além do que aconteceu — sentes-te encurralada. Por mim? Não, por tudo.

Os meus gestos avançam sozinhos. Preparo um jantar leve, embora estarmos juntas seja demasiado pesado. Para ambas, tenho a certeza. Calculo os minutos que ainda preciso de aqui permanecer de corpo, pois já cá não estou de alma. Envergonho-me de espicaçar o relógio para que se despache, para que me despache para o meu lado da casa.

Deixo-te já na cama. Os remédios entorpecem-te, a conversa cansa-te, a minha presença viola-te. Saio sem remorso. Choco-me por não acreditar num futuro para ti — esta história não tem um fim. Esta história continua para lá do fim. Soubesse eu qual era esse fim…

❋

Será que te lembras, Luísa?
Disseste que devemos escrever as falhas dos nossos amigos na areia.
Citavas Pitágoras, e eu fiquei impressionado.
Perguntei-te se seria à beira-mar, e tu, muito convicta, reforçaste a ideia.
— Claro! Depois, refletiste:
— Em qualquer sítio, no deserto, nas dunas, o efeito é o mesmo. Desaparecem, é isso que devemos fazer às falhas dos nossos amigos.
E foi assim que me recebeste, de novo, na amizade que construímos para trás.
Os oito anos esquecidos, porque tu escreveste na areia a minha ausência.
Não a questionaste na altura. Agora sim, queres saber mais.
Vagueio pela vida a tentar encontrar uma saída, quando o que preciso é de uma entrada. Mas não posso entrar por ti adentro.
Não depois de uma ausência que não explico, que não te explico.
Não com uma falha tão grande que nem a areia faz desaparecer.
Pego no saxofone e afogo-me em sons.
Revejo os passos dados, os passos falhados, os passos reconquistados.
Os sons levam os passos para dentro de mim, de onde nunca poderão sair.
Deixo na areia a decisão por tomar.
E o mar, o vento, ou mesmo a chuva apagam-me a urgência de decidir.

❋

Peço a todos que parem com as perguntas. Peço-lhes desculpa, sou perita nisso. Entendo a preocupação e sossego-os. O desgosto faz isto às pessoas, explico. Os olhares aceitam-me. Andava a precisar de parar, digo. Aos poucos, a manhã volta a ser quase normal.

Os casos internados não são os mesmos que deixei. A situação também não é a mesma. Pela primeira vez, em muito tempo, penso que gostaria de não trabalhar mais aqui. Nem aqui, nem em nenhum outro sítio. Quero desistir. Sacudo a ideia e concentro-me na radiografia que me mostram. Aproximo-a da luz, aproximo-me dela, descubro a razão. Pergunto se foi feita uma punção. Não foi. Aproximam-se agora de mim e da radiografia, só assim veem o que lhes escapou. Oiço sussurros de espanto, mas já não me estimulam, não como dantes; e isso é triste. Tu não me perdoarias.

O dia cansa-me. Só quando estaciono à porta do consultório do meu psiquiatra me sinto eu. Eu e tu. Finalmente, depois de tantas intermitências, estás de novo nos meus pensamentos. Subimos juntos. Ajudas-me nas explicações que preciso de dar. Desvalorizo o álcool, insisto no controle que tenho. Insisto no problema — a tua ausência na minha vida. Espanto-me com a reação. Sei que ouves o mesmo que eu — aquela médica encheu-lhe a mente com ideias viciadas.

Regressamos a casa, eu e a memória de ti. Custa-me abrir a porta, a chave baralha-se, faltam-me as forças para desistir já hoje. Ela chega. Eu não a queria aqui, não hoje.

— O que disse o psiquiatra?

— Nada de especial, ele sabe das coisas — minto. — Não faças isso, Luísa, não me massacres com perguntas e recriminações. Estou cansada...

— Cansada ou embriagada?

— Tu não tens o direito de me vir d...

— Tu não tens o direito de me mentir desta forma, Alda. Eu não sou estúpida. Acabaste de sair de um internamento e já recomeçaste a beber?!

— Foi uma cerveja, não sejas histérica!

— Até quando é que isto vai durar?

— Estás mal? Muda-te. Trouxe-te para aqui para te ajudar, não te sintas obrigada a ficar.

Oiço a porta fechar-se, não me lembro se chegou a responder-me. Vacilo entre a vontade de a ver partir para o Porto e a necessidade de a ter aqui.

Acompanhas-me na noite. Falo-te, mas não me respondes. Porque é que não me levaste contigo? Tinha sido mais simples para todos. Agarro na garrafa. Decido até onde vou beber. Marco essa decisão com o dedo. Desço a marca à medida que as horas passam. Amanhã não tenho de ir ao hospital, disseram-me que descansasse. Eu aceitei. A marca desce, e eu desço dentro da dormência. As memórias enredam-se no que bebi. Não descanso.

✳

O pesadelo arranca-me do sono. Estou alagada em suor, apesar do frio. Estou alagada em ansiedade, apesar da serenidade que desejo. Levanto-me e decido levantar também todas as questões. Sei que a noite já decidiu não voltar a receber-me.

Assistir àquela reunião abalou-me. Uma reunião aberta, com familiares e amigos de alcoólicos, juntos pela vontade de partilhar experiências, fechados em esperanças, culpas e remorsos, ligados pelas histórias que reescrevem, pelas histórias de sucesso que escrevem. Partilham, partilham muito. Repetem que só existe um caminho — aquele em que quem bebe resolve deixar de o fazer, e se revolve por dentro para o conseguir. Questionei-os acerca da ajuda dos mais próximos. Explicaram-me, com uma paciência cuidadosa, que, enquanto o alcoólico não deseja parar, nem admite que esse é um problema real na sua vida, ninguém o pode ajudar. Por vezes, contou alguém, até pode ser pior. Insurgi-me, mas logo as explicações voltaram, ainda mais cuidadosas. Pedem-me que esteja lá quando a minha prima tiver dado o passo, só aí a poderei verdadeiramente apoiar.

Ando pela sala, num passo tão incerto como as certezas que me ofereceram. Revejo os últimos anos, e é nessas memórias que entendo as palavras ditas. Quantas vezes, Alda, quantas? Tentei tudo: a bem, de forma agressiva, fazendo de polícia, policiando-te as reações, prevendo as recaídas, recaindo eu nas tentativas já gastas, ignorando a ausência de efeito. Lutamos uma com a outra, nunca contra o álcool. Tu não admites a dependência, não admites que o teu problema não é único, dependes desse teu luto para viver, criaste o problema para te apagares, e eu vivo na dependência de quem acha que vai conseguir salvar-te, sabendo que nunca o fará.

O Porto. A mudança e o afastamento. As razões baralham-se e baralham-me. Quero fugir de ti, ou quero fugir da frustração? O trabalho interessa-me, mas desconfio da capacidade de me entregar a ele assim que me afastar. O que estou aqui a fazer? Nada. Um nada que não me seduz. Um nada que receio abandonar.

Chegas ao que penso, Duarte. Uma lucidez estranha desce sobre mim. Já não tenho dúvidas de que é amor o que sinto por ti. Só duvido da tristeza que atravessa os teus olhos quando quase te aproximas de mim. Estou disposta a entender-te a fundo, a conhecer as experiências dos anos em que saíste da minha vida, em que não me telefonavas, em que nem sequer sabia onde estavas. Estou disposta a receber-te como és. Estarás tu disposto a entregar-te?

Olho pela janela. Autocarros em fila no semáforo esperam, prontos para arrancar, sinais de que o meu dia se prepara para arrancar. Olho-me ao espelho. Olho o que vês em mim, Duarte. A idade que tenho agora não é verdadeira. Envelheci por dentro. E tu, Alda? Sinto que já morreste aí dentro, dentro do luto nunca resolvido que escolheste para ti. Ligo a água, lavo a noite, esfrego as feridas, choro no meio do vapor e sinto uma raiva que cresce — tenho pena de mim. Odeio-me por isso.

— Tomei uma decisão, Duarte, acho que vou mesmo aceitar o lugar no Porto. Não estou a fazer nada pela Alda, pode ser que se agarre à vida se eu sair.

— Achas, ou vais mesmo?

— Vou. A ideia do meu chefe é boa, ele precisa de mim, confia em mim. A Alda disse-me claramente que quer que eu desapareça de cena.

— É isso que te leva a decidir? Parece-me muito perigoso ser essa a tua razão, Luísa. Vais fugir do assunto, ou queres seguir o teu percurso?

— Não sei...

— Tens de saber antes de decidires. Não fujas do alcoolismo da Alda. Será que entendes isto? Tens de procurar o teu caminho, em que a tua vida faz sentido.

— Já pensaste? Posso coordenar o grupo que escolhe novos autores e ainda fico com um leque de consagrados a trabalhar as suas obras comigo. Interessa-me tanto!

— Explica-me, o que é que mudou?

— Foi isto de sentir que o remorso por me ir embora acabou. A Alda não me quer aqui, talvez também precise que eu me afaste...

— Sinto-te quase convicta, Luísa.

— Não estou assim tanto...

— Não faz mal, eu percebo-te. Ficares só porque pensas que a Alda precisa de ti não é solução. Enquanto ela não quiser... Enquanto não aceitar que é alcoólica... É um passo solitário, de coragem, com muito sofrimento à mistura. Só ela pode dar esse passo. Assim que o der, haverá amigos e grupos para a ajudarem. É para isso que existem os AA, para dar a mão e apoiar, a cada minuto que passa.

— Quando ela o der, eu estarei pronta a ajudá-la.

— Vais ver, não é por te separares da Alda que as coisas pioram. Dá-lhe tempo.

— Eu preciso do meu tempo...

— Pois precisas.

Um silêncio.

— E nós, Duarte, vamos separar-nos outra vez? O teu projeto é em Gaia, certo? Ficamos perto um do outro. Não quero estar longe de ti mais tempo.

— Vão ser só os meses de verão, não é assim tanto. E mais, sabes que ando sempre por aí, as distâncias não me assustam.

— Não? A mim, sim. Queria que falasses. Vejo-te sempre com essa sombra nos olhos quando nos aproximamos um do outro. Estou a ficar desorientada. Eu sei que a nossa relação é mais do que uma amizade... E tu também, parece-me. Mas travas a fundo...

Por que é que estás tão pensativo, Duarte?

Podia quase jurar que ensaias qualquer coisa.

O que é?

E agora? Digo o quê?

Não tenho o direito de lhe fazer uma coisa destas.

— Fala comigo, Duarte, não vês que te estou a pedir que me digas o que sentes por mim? Fala! Não me deixes assim... Sinto-me ridícula... Gosto tanto de ti...

O mesmo olhar.

Por quê?

E eu... eu também gosto tanto de ti.

Não posso, eu não posso fazer-te isto.

— Fala!

— Não posso.

— O que quer que seja, diz! Olha, Duarte, se julgas que a nossa relação não aguenta embates, estás muito enganado. Foste-te embora, não insisti em ver-te, esperei, esqueci o tempo. Não sei o que aconteceu. Não me contas por que achas que não consigo ouvir?

— Não é isso...

— Então fala!

— Não posso.

— Esquece! Há outra pessoa, ou não gostas de mim dessa forma e és cobarde porque não mo explicas. Nem me interessa o que se passou naqueles anos. Estou farta! Julguei que não tínhamos mais segredos. Eu vou-me embora para o Porto, deixo-te em paz, não te preocupes.

O espaço que me separa da porta parece-me enorme.

Queria abri-la e forçar-te a sair, ou forçar-te a contar.

O coração bate depressa, mas as pernas não andam depressa.

Vacilo.

Vacilo.

Tenho de te dizer.

Não me irias perdoar se te deixasse sozinha agora.

— Espera. Eu conto...

Paro, quero ouvir-te.

Por que será que a intuição me diz que vai ser difícil?

Conto, sinto que tenho de te contar.

Tenho a certeza de que vai ser muito difícil.

— Lembras-te de te falar num amigo que é coordenador nos AA?

— Sim. O que foi? Aconteceu-lhe alguma coisa? É o teu companheiro?

— Não. Para, não é nada disso. É que... Bom... Essa é a pessoa que controla o meu grupo.

Sento-me.

Uma vertigem dobra-me.

Os pensamentos chocam-se, numa ânsia de entender.

Não podia não dizer.

Não queria desiludir-te.

E agora?
— Tu és... tu és alcoólico?
— Sou.
— Paraste?
— Parei.
— Então já não és...
— É-se sempre.
...
— E nunca me disseste?
— Já tinhas problemas suficientes.
— Não me apercebi de nada...
— Comecei a perder o controle na Holanda. Não te procurei quando cheguei.
— E estás sóbrio. Pertences a um grupo...
Estou sóbrio há quatro anos. As vezes coordeno o meu grupo.
— Há quanto tempo... paraste?
— Não bebo há quatro anos. Espero nunca mais beber na vida. É isso que decidi fazer. Não faz sentido outro caminho, é assim que quero ficar. Mas sei que gerimos um dia de cada vez. Destruí tudo à minha volta, afastei-me de todos. Cheguei a acordar na rua. Compreendes agora? Não faz sentido termos uma relação. Tens dúvidas acerca do que sinto por ti? Não tenhas. Mas percebe isto: amo-te demasiado, não posso trazer-te para dentro da minha vida, não com tudo o que tens vivido. Nunca.

O estômago atraiçoa-me.
Corro e vomito tudo o que jantei.
Sinto-te à porta da casa de banho.
Faço-te sinal. Paras.
Não quero que assistas.
Novo vômito. Tenho tonturas.
Pego no casaco.
Tenho de te deixar sozinha.
Oi o-te chorar, apetece-me confortar-te.
Não posso.
Abro a porta e saio.
Agonio-me com o cheiro do *hall*.
Volto para casa a pé.

Oitavo passo

— Bom dia!

— Disseram-me que queria falar comigo?

— Exatamente! Precisamos mesmo de conversar.

Sento-me. Há uma luz estranha à nossa volta. A noite em claro dificulta-me os pensamentos. O dia de trabalho desatento cansou-me o entusiasmo. Posso aproveitar para comunicar-lhe que já decidi. Só não decidi o que fazer do que penso e do que sinto. Sei que estarei a fugir, agora não me restam dúvidas.

— Essa sua relutância em dizer logo que sim em relação à questão do Porto foi uma bênção, acredite. O conselho de administração reuniu-se e ponderamos esta questão. Chegamos à solução ideal, vai ficar satisfeita.

Uma nova ideia? Eu não aguento mais uma ideia, sobretudo uma nova, uma que ainda não pressenti sequer, uma que me empurre de novo para as decisões.

— Realmente, a doutora Luísa faz-nos muita falta aqui em Lisboa. Queremos marcar o mercado, constituindo uma aposta forte na descoberta de novos talentos. Vamos centralizar aqui, e em você, toda a escolha. Vai ter com você uma equipe para coordenar e formar, mas a última palavra será sempre a sua. O seu salário vai igualmente mudar...

Deixo de o ouvir. A hipótese do Porto acabou de morrer. A hipótese de fuga desapareceu. Fico a braços contigo, Alda, e com a nossa casa separada e junta. Fico abraçada ao choque do que me contaste, Duarte, e com este amor assustado. Ou será apenas cobarde? E qual de nós é cobarde? Não sei. Não quero saber, não neste momento.

— O que lhe parece?

Estou muda. Sinto os olhos a ficarem molhados. Envergonho-me da fragilidade que aparento. Decido fingir emoção pela proposta.

— Agradeço-lhe imenso…

— Ora, não diga uma coisa dessas! Nem fique assim, olhe que me deixa atrapalhado. O raio do homem que lhe falou fez-nos pensar. Afinal, temos o que precisamos e vamos enviá-la para longe da sede? Nem pensar. Fica aqui, e vamos mostrar-lhe como apreciamos o seu trabalho.

Já está de pé. Deu a volta à mesa. Reajo como um autômato. Levanto-me e deixo que se aproxime. A luz continua estranha. A minha cabeça estranha o que aí vem. Assino, com um aperto de mão, um contrato para uma vida que agora preciso de organizar.

Felizmente, é hora de sair.

Felizmente, sei que ainda não devo ir para casa.

Infelizmente, ainda não consigo falar-te.

Infelizmente, não consigo sair da impossibilidade e da vontade de te falar.

O sol bate-me na cara.

A persiana ficou subida toda a noite.

O relógio redondo e antigo mostra-me mais do que a noite.

A água morna sabe-me bem, mas sinto-me tonta. Perdi a conta aos dias, espero que a dona Lena não venha hoje. Tento equilibrar-me ao sair da banheira, mas é demasiado difícil. Opto por sentar-me na borda, esperar que a cabeça se acomode.

A roupa da véspera está amarrotada, cheira ao que foi o dia de ontem. Abro o guarda-vestidos e fico indiferente. Escolho uma saia larga e uma camisola de gola alta. Esfrego melhor o cabelo, não me apetece secá-lo.

A cozinha está desarrumada. Não gosto. Tu também não irias gostar. Dou-lhe um jeito, mas só por ti. Estou farta…

Tenho restos no frigorífico, como-os frios. A única ideia que me faz avançar na tarde é o que me espera a seguir. Afasto os livros, confiro qual delas quero beber hoje. Não me apetece sequer marcar com um dedo até onde, será até onde for preciso.

Ligo o televisor, mas os programas da tarde são fracos. Desligo. Será que a Luísa vem cá quando chegar do trabalho? Talvez não, e ainda bem. Nem sequer faço tenção de esconder a garrafa. Pode ser que decida ir para o Porto. Oiço a chave. Os olhos custam a abrir, mas escondo tudo, finjo-me adormecida no sofá. Em vão... Não veio ao meu lado. Fechou a porta dela. Ligou o televisor. Estará a ouvir o jornal da noite? Deve ser. Mais um dia gasto. Desligo-me. Já não vale a pena disfarçar os dias.

✸

Pedi que nos encontrássemos antes da reunião, aí está ele. Sorri-me de forma preocupada e dá-me um forte aperto de mão.

— Não estejas assim, não tive nenhuma recaída.

— Mas tens receio, é?

Reflito. Não, uma recaída não me assusta, nem pensar nisso. O que me fez telefonar-lhe foi esta recaída num amor antigo, um amor que nunca cheguei a confessar. Até à última conversa. Dói-me essa conversa. Começo a explicar-me. Ele ouve-me, não comenta durante muitos minutos. Talvez demasiados. Certamente necessários.

— Entendo o que dizes, Duarte, mas a tua história não é a da... Alda, certo? E sabes que quem tem de decidir não és tu, é a Luísa.

— Não sei se é justo para ela. Se eu me afastar, pode acabar por esquecer-me e...

— E quê? Descartas uma mulher por quem te apaixonaste?

— Põe-te no lugar dela...

— Não ponho. — a resposta é tão seca que recordo a razão por que lhe telefonei. — Ninguém pode fazer uma coisa dessas. Tu ainda menos!

— Estou sóbrio há quatro anos, venho sempre às reuniões para poder ajudar outros e manter-me fiel à minha conquista. Mas tu sabes, existe sempre um ponto de interrogação...

— Aí sim?

Baixo os olhos. Ensinou-me a eliminá-lo.

— O teu problema não é o ponto de interrogação, Duarte, o teu problema é teres um ponto de interrogação gigantesco ao lado da Luísa. É verdade, ela pode não querer estar contigo, pode parecer-lhe demasiado. Isso é que te custa.

— Eu pensei nunca lhe contar.

— Foi isso que aprendeste?

Encolho os ombros, derrotado. Continua a falar, mas não sei se o oiço. A tua imagem ocupa-me, Luísa. Vomitaste quando te disse, pediste que me afastasse. Ou não? Já não tenho a certeza, posso ter sido eu a sair por mim. Aquela reação mostrou-me como o teu corpo reage, imagino como estarão os teus pensamentos. Sei como estão os meus. Esculpi-te a verdade no corpo e na alma, não na areia. Agora nada pode apagar o que foi dito.

— Tenho de ir abrir a sala. Hoje vens?

— Vou, claro. Sou eu que levo os bolos secos e os sumos. — aponto para o saco de plástico onde os trouxe.

— Estás à vontade para falar — propõe. — É um assunto bem interessante.

Faço-lhe sinal — não sei se estou preparado. Devolve-me outro sinal, devolvendo-me igualmente a decisão. Esta é minha, a outra é que não te pertence, Luísa. Caminhamos a par, calados. Mesmo antes de abrir a porta ao grupo, já depois de termos arejado a sala, preparado as cadeiras e a mesinha com tudo o que trouxe, passa-me o braço pelos ombros e aperta-me contra si. Já não tem o sorriso preocupado do início, agora sou eu que o transporto, ou então é o sorriso que me transporta.

Terei falado toda a hora? Terão sido só uns segundos? Onde está o relógio que marca o início e o fim deste instante parado no tempo, parado dentro de mim, sem vida em mim nem lá fora, sem leis e sem ordem?

— Continue — incita a psicóloga, esclarecendo a minha dúvida. — Ainda há tempo... Peço-lhe que não pare agora.

Sinto-me um casco de navio afundado que deu à costa séculos depois do naufrágio. Os meus dias estão enfiados nos teus, Alda, porque assim deixei que acontecesse, porque tu me aconteces todos os dias, e eu não consegui manter-me à tona. O queixo treme, mas já não me preocupa; as lágrimas já me cansaram os olhos; já torci tantas vezes a ponta do casaco, que até consegue encaracolar-se sem ajuda; sinto o coração bater sem cadência, cadenciado apenas pelos episódios dispersos que conto.

E chego a ti, Duarte. Chego finalmente ao motivo que me atirou para o fundo do mar. Sei que não digo os farrapos da história por ordem, mas a psicóloga ordena-os por mim. Explico como o corpo reagiu, como os pensamentos reagiram. É ao fim de algumas frases que se retoma a primeira conversa. Explica-me que tudo começa e acaba em ti, Alda, e isso dói-me. Sinto-me privada de uma vida só minha, que nem no amor me pertence, que nem no desespero me pertence. Digo-lhe isso, e reparo na convicção que me levou ao fundo, por pouco consistente — achei que podia mudar-te. Aí está o meu erro — entreguei-me ao problema, esqueci-me de mim. O choro recomeça. Sinto-me incapaz de continuar, mas ela insiste.

Insiste que preciso de descanso.

Insiste que preciso de ti, Duarte.

Insiste que preciso de entender o que realmente faço por ti, Alda.

Insiste que desista de tentar justificar o que não tem justificação.

O tempo aparece então. Ela explica-me que estivemos duas horas à conversa, pois o paciente seguinte desmarcara. No entanto, agora não podemos continuar. Deixa-me com alguns trabalhos para fazer, nenhum dos quais corresponde à minha maneira de ser. Recebo uma frase:

— Peço-lhe que experimente…

E saio para a rua com um apontamento escrito pela minha mão nervosa. Leio, como se recebesse pela primeira vez a informação, sem conseguir recordar as palavras que acompanham a explicação. Nesse momento percebo que não entendo o que ali escrevi. Ou será que tenho receio de entender o que anotei?

Planear os dias na véspera; traçar objetivos a atingir em cada dia, com espaço para descansar e fazer coisas que me dão prazer;

criar uma barreira de frieza que me permita ver, para além da fúria, o que fazes e o que posso fazer por ti, Alda. Por último, a impossibilidade evidente: falar contigo, Duarte.

Passo o fim da tarde à procura do carro, sem me lembrar de onde o deixei.

Passo o fim do dia à procura de objetivos, e nenhum me surge.

Passo a noite a encontrar farrapos do que me disse, do que lhe contei, do que me aconselhou, do que tenho vivido, e nada me sossega.

Será que me entendes? Quando sofrias, não pensaste o mesmo? Acredito que sim, mas não terias tido coragem de o fazer comigo ao teu lado. Engano-me? Eu sei que não.

Estou sóbria. Estarei sóbria no momento. Sei que deixarei de estar no exato momento em que a engrenagem entrar em ação.

Escrevo linhas desenvoltas, com tudo o que será necessário: as contas do banco, os seguros, para quem serão as jóias, alguns vestidos que quero que fiquem com a Luísa, são os de que ela mais gosta; escrevo que deverão ser para a dona Lena todos os outros — temos o mesmo corpo, e ela precisa.

Escrevo umas linhas para os meus colegas — peço-lhes que me desculpem os últimos tempos. Imagino que o tempo lhes apague essas memórias.

Escrevo poucas linhas para a Luísa. Nada do que lhe escrever poderá remendar o mal que lhe fiz, ano após ano. Nada poderá remendar o mal que fiz a mim mesma, eu sei... Detesto-me. Amo-a. Podia pedir-lhe desculpa, mas isso não faria qualquer sentido, não depois do que falamos há pouco.

Preparo-me. Quero estar confortável. Tomo os comprimidos com o que está dentro desta garrafa de água, onde misturei algo que me vai ajudar, e que se evaporará antes de me descobrirem. Tenho a noite pela frente. Tenho a morte pela frente. Não tenho medo.

✳

Não pensei...
Desculpa, Luísa, não pensei...

A ânsia de te ver, de te telefonar, de conversar sobre as nossas vidas empurrou-me até à tua porta. Toquei e esperei.

— Sim...?

— Sou eu, Luísa, sou o Duarte.

O silêncio que se segue entristece-me mais do que as palavras que se seguem.

— Não posso, desculpa, não posso...

— Deixa-me subir só para te ver, não passo da porta, prometo.

Subo. Encontro-te no patamar do elevador. Queres ter a certeza de que não entro.

Vejo nas olheiras o que se estragou dentro de ti nestes anos e a partir do que esculpi em ti. Abraço-te. Não trocamos uma única palavra. Olho-te como sempre deveria ter feito. As tuas lágrimas acumulam-se, ameaçam deslizar pelo teu rosto, mas afastas-te. Apenas me deixaste abraçar-te. Eu não sei o que isso quer dizer.

✳

Começo a juntar as peças dos dias anteriores a este. Uma inquietação absorve-me.

Vi-te ontem, estavas serena, Alda. Sóbria e serena. Senti a vertigem de poder acreditar que vais finalmente mudar. Sentaste-te num banco da minha cozinha, foste tu que vieste ao meu encontro e quiseste saber da minha vida.

Falei do Porto — na hipótese e no revés, na ideia e no desfecho. Ouviste-me. Ouviste-me com uma atenção que apenas recordo de outros tempos.

Depois... Depois disseste que não irias pedir desculpa por tudo o que tens vindo a fazer. Eu expliquei-te que não era necessário, incitei-te a ganhar coragem para endireitar a tua vida. Isso era o mais importante. É nessa recordação que a urgência surge — a urgência de entrar na tua casa.

Chamo por ti. Sei que não saíste. Procuro-te em todos os recantos menos naquele em que já adivinhei que estás. Entro no teu quarto com uma certeza a atrasar-me os passos.

Estás aqui… Vejo os papéis, uma garrafa de água, nem um único vestígio do que tomaste. Vejo que um vómito podia ter-te levado, mas tens a cara de lado. Vejo a pasta de comprimidos que podia ter-te levado, mas esta descansa, como tu, na almofada. Respiras! Tu respiras!

Os telefonemas sucedem-se. Para as urgências, para o teu diretor de serviço, Alda, e para ti, Duarte.

Enquanto espero, falo contigo, Alda. Será que ouves?

Não te ralho, não te recrimino, não te acuso. Digo-te o que me prende a ti, à pessoa que és, conto-te ao pormenor porque te admiro tanto, explico-te que desejo que saias deste inferno, recordo-te o amor profundo que nos une.

Precisava tanto de que me respondesses…

Precisava tanto de acreditar que me ouves.

✳

Estou ao teu lado, mas sinto que tu não estás aqui. Observas os médicos que entram e saem, que falam e te olham, que talvez te julguem, ou que apenas te entendam. Querias estar perto dela, não querias, Luísa? Mas não te deixam, a Alda ainda não acordou do coma. E tu? Será que vais acordar deste pesadelo?

A tua mão está esquecida dentro da minha. Uma ligação de segurança, é isso que sou neste momento. Não desejo outra função. Se pudesse desejar, gostaria talvez de apagar o meu passado, tal como a Alda quis fazer com o seu, num ato que tanto tem de coragem como de egoísmo. Estarei a ser injusto? Talvez…

Acompanho-te, enquanto te explicam que a tua prima vai sobreviver. Sinto o alívio que te percorre o corpo e os pensamentos. Não sinto o mesmo alívio. Sei que estou a ser, agora eu, muito egoísta, pois só me preocupo contigo, Luísa, não com a Alda. A revolta pelo que sinto cresce, desafina-me os pensamentos. A minha coragem foi outra, a de parar. É isso que me separa da Alda, mas nunca estaremos separados no mundo que nos junta, o mundo dos alcoólicos, um mundo que a Alda, na sua teimosia, nem sequer vê como seu.

Interrogas-me com o olhar. Pedes-me autorização para ir vê-la? Não sou eu, Luísa, não… Decide tu. Irás vê-la, hoje, amanhã, sempre. Sei que não a queres castigar. Será que achas que, indo vê-la agora, me castigas a mim? Eu mereço, vai.

Desapareces por entre as portas do serviço de observação. Espero aqui por ti. Não demorarás muitos minutos.

E depois precisas que te ampare.

Só isso.

Não estou aqui por mais nenhuma razão.

Devo amparar-te.

Minto...

Também estou aqui por mim.

Queda

Não te vi no coma, não me vieste buscar — já não me queres junto a ti? Grito dentro da minha cabeça, mas não me respondes. Não aceito não te ter visto, nem que fosse num relance. Planeei tudo como devia. Esqueci-me da cabeça, esqueci-me de que a cabeça me podia atraiçoar, virar-se, virando-se contra mim. Mas tu também me atraiçoaste. Não me ajudaste, não me acompanhaste. Que queres que pense? Sinto-me mais só do que antes.

Um vulto aparece à porta. É a Luísa.

Hoje desculpo-lhe os soluços, as olheiras, desculpo-lhe tudo. Mas sei que não tenho forma de me desculpar. Os remorsos misturam-se com a frustração de não ter conseguido. O alívio de estar viva mistura-se com a raiva de saber que não vou conseguir repetir o que fiz.

Abraço-a com força, mas sem palavras. É ela que me pede desculpa, e isso provoca em mim lágrimas que desabam cara abaixo. Isso não, grito dentro de mim, não me peças desculpa. Aceno que não, mas não chego a falar. Aperto-lhe as mãos nas minhas, seguro-a. Preciso que saiba, hoje e sempre, que a tenho guardada no coração.

Separam-nos com palavras ditas em sussurro. Explicam-lhe que devo descansar, assim como ela. Encaminham-na para fora da enfermaria. Gostava de a sossegar, estar aqui não me assusta, tudo isto me é familiar. Só não estou familiarizada com a derrota.

Ainda me olha da porta, tento sorrir.

O que fiz de mim?...

✳

As pernas obedecem com esforço, enquanto me dirijo ao carro. Hoje, ouvi tanto como falei. A psicóloga não quis que eu saísse do gabinete carregando a culpa com que entrei. Entendo-a, mas a minha mente não consegue destrinçar para lá do que parece óbvio, de que as duas frases são verdadeiras: sinto-me culpada, não tenho culpa nenhuma.

Zanguei-me por dentro. Zanguei-me comigo. Naqueles instantes em que vi os papéis, a Alda e a pasta de comprimidos senti um ponto final. Nunca me vou desculpar por ter registado aquele cenário como um fim. Nunca.

Entro no carro e descanso a cabeça no volante. Amanhã regressas a casa, Alda, regressamos ambas a uma rotina que se desmanchou e em que agora habita um tumulto de culpas e receios. Os dias tomaram um rumo que desconhecemos.

Ligo o carro e avanço pelo trânsito, num para arranca que em nada se distingue do que é a minha existência. Só percebo onde estou quando estaciono. É o teu prédio, Duarte.

Hesito. Sinto que não devo subir. Sinto que te devo agradecer. Também sinto que te devo aceitar. Estou cansada.

Vejo-te chegar a casa e faço por acreditar que não me viste. Desapareces pelas escadas, e a minha coragem desaparece no mesmo instante.

✳

Não te posso forçar, Luísa.

Forço-me a não te forçar.

Parada do outro lado da rua, ou do outro lado da vida?

Esperei tantos minutos…

Minutos em que me impedi de ir à janela confirmar se ainda lá estarias.

Sentado no sofá, com a luz ligada e a esperança desligada.

Soube que não irias subir antes de finalmente espreitar.

Confirmei apenas o abismo que ainda nos separa, ou que sempre nos separará.

Continuo sentado no sofá.

Até que a noite me sacuda daqui.

Nono passo

— Como estás?

— Bem — respondo-lhe, sabendo que apenas lhe digo que continuo sóbrio.

— Não te ponhas com coisas, Duarte, conheço-te bem demais!

— Talvez seja melhor perguntares o que queres saber...

Ele irrita-se ligeiramente, também já lhe conheço os modos. Acabei de lhe explicar que não fico para a reunião dos AA de hoje porque quero estar disponível para ti, Luísa, se me chamares. Mostro que trouxe o que tinha prometido, que já preparei a sala, e sobretudo mostro que não estou capaz de ajudar os outros, não hoje.

— Continuas sem falar com ela?

— A prima da Luísa tentou suicidar-se, uma coisa mesmo a sério, bem planeada.

— Mas que não foi bem-sucedida...

— Não, mas não como estás a insinuar — disparo, para me arrepender de seguida. — Desculpa... Vomitou no coma, parte dos comprimidos que tomou foi expelida nesse momento. Sobreviveu.

— É um caso difícil, mesmo difícil. Vai hoje para casa, é isso?

— Sim. Quero ajudar, se for preciso.

— A Luísa pediu-te ajuda...?

— Não. Mas quero estar disponível, à distância de um telefonema.

— Fazes bem. Vai-te embora, eu acabo isto.

Quase à porta, volto-me para trás. Apetece-me dizer mais qualquer coisa, mas ele já começou a receber as pessoas e acena-me de longe.

Nova noite no sofá, sempre à espera. Mas desta vez o telefonema chega. Dizes-me numa voz tranquila que correu tudo bem, que a Alda já dorme. Pergunto-te se queres companhia. Pela primeira vez, dizes apenas:

— Hoje não.

— Vai dormir, bem precisas.

Despedimo-nos e fico num alvoroço que receio ver crescer. Hoje será a minha vez de não dormir, penso.

✳

— Não sei o que diga — confesso-te.

Estamos na tua sala, Alda, e tu estás com o olhar distante e triste de quem falhou. É o que sinto. Mudas de posição, mas sei que não encontras uma que te satisfaça. Tens os gestos lentos, os olhos parados. A medicação deixa-te assim, ou é a vida?

— Teria sido melhor para nós duas... — dizes, enquanto o desgosto aparece nos teus olhos em forma de lágrimas, lágrimas que não caem, apenas se mostram.

Agarro na tua mão. Afago-a ou seguro-a?

— Não fales assim — peço-te, e tu encolhes os ombros. — O que posso fazer por ti?

A pergunta surpreende-te genuinamente. Encaras-me e hesitas nas palavras. Não há nada, ou não queres que tente nada? Confundes-me.

— Isto é só comigo, Luísa, ninguém pode fazer nada.

E eu penso — estarás a falar do alcoolismo, ou de pôr um fim na tua existência?

— Eu gosto muito de ti — confessas, e agora sim, as lágrimas desenrolam-se em dois fios contínuos, aos quais junto os meus.

Quero abraçar-te, mas já estás de novo a olhar para o vazio.

Começo a falar, num discurso atrapalhado e desconexo, apenas para te mostrar o que já fomos, o que és, o que és para mim, o quanto te amo, o quanto me custa que não vejas a solução, para mim clara, embora já sem esperança; enalteço-te o dom do diagnóstico, o dom da palavra, o dom do ensino, e esbarro no dom que parece faltar-te, o que te permitiria viver. Tenho a certeza de que sabes onde esbarrei.

E a conversa interrompe-se, por falta de palavras. Ficamos em silêncio, uma com a outra, cada uma com o seu sofrimento enredado no da outra, entrelaçadas numa vida que sei que não é só tua, pois convidei-a a ser minha. Sufocamos nessa ausência de palavras.

Arrasto-me numa sobriedade imposta, que não mereço. Oiço a dona Lena, que limpa a casa com aprumo, nervosa, que me deixa também enervada. A Luísa deve ter-lhe pedido que converse comigo, que agite o meu dia, que me tire do silêncio. Gostava que saísse agora, que me deixasse sozinha com o que me resta.

Tu não apareces da mesma forma nas conversas que tenho contigo, que invento contigo. Desde aquele dia? Nem naquele dia me apareceste. Não esqueço isso. Achei que me ias receber num túnel branco, mas nada. Quase não consigo sentir-me contigo, nem nas recordações do passado. Talvez os medicamentos provoquem isto, mas tenho pavor de imaginar que foste tu que decidiste não acompanhar os meus pensamentos.

Sinto-te longe, como se o luto tivesse acabado de repente e fosses apenas uma memória. Sinto-me como as tias velhas, que se resignaram à saudade e ao que foi em tempos uma outra vida. Mas eu não quero resignar-me, não quero desligar-me de ti.

O almoço aparece em cima da mesa. Agradeço, embora não sinta qualquer apetite. Como, enquanto a dona Lena fala, de braços cruzados sobre o peito e um avental a precisar de barrela. Fala de coisas soltas. Não preciso de lhe responder, a conversa é só para encher a atmosfera. Apenas lhe gabo o tempero, e ela sorri, satisfeita.

E quando me encontro de novo a sós comigo, penso. Revejo os passos dados e confirmo que nunca mais terei capacidade para repetir aquele ato, não depois de saber que tu não estás do lado de lá à minha espera. Aperto contra mim o teu casaco de lá, o que compramos na serra. Não me preenche como dantes, e isso custa-me. No entanto, sou incapaz de o afastar. Tu podes ter desistido de mim, mas eu não desistirei nunca de nós.

Ligo o rádio e aborreço-me com as vozes que constroem a emissão da tarde. Dantes, ouvíamos tanta música clássica, tanta música francesa, lembras-te? Levanto-me com esforço e vou até ao sítio onde guardo os discos. Ajoelho e arrepio-me com este esconderijo, agora em desuso. Procuro e encontro: Mireille Mathieu, o meu preferido, um LP, *Olympia*. As mãos tremem ao pôr o disco no prato, receio riscá-lo ao pousar a agulha. A casa enche-se com os sons das músicas que cantarolava quando a minha vida ainda era tua.

Já nada vale a pena.

Décimo passo

— Entra, entra...

Estou com os gestos exagerados, sinto-me desajeitado. tu entras com alguma vergonha, sabes que me apanhaste de surpresa.

Apanhei-te de surpresa, Duarte, e isso assusta-me.

O saxofone está esquecido no sofá, apressas-te a guardá-lo; arranjas espaço para mim.

— Como está tudo?

Começas pela única pergunta que não queria ouvir, mas respondo-te:

— Tranquilo, acho...

Não queria que te perguntasse isso, mas foi sem querer.

O que quero mesmo é que me digas o que preciso de saber, não posso arriscar que não me contes.

— Tenho pensado muito, Duarte. Muito mesmo.

— Calculo...

— Não calculas, não. — A voz sai-me agreste, mas não era essa a intenção.

— Desculpa, estou nervosa.

Parei, sentado à tua frente, longe de ti, para que te sintas livre. Será que sabes que o meu coração está dentro do teu?

— As coisas aconteceram todas ao mesmo tempo. Não consigo organizar o que penso, muito menos o que sinto. Mas tenho perguntas, muitas.

— Venham elas...

Não esbocei um sorriso de brincadeira. Estou a dispor-me, muito a sério, a responder-te.

— Como é que começaste a beber?

Estou a ser brusca, mas já não tenho forças para rodeios, preciso que me contes.

Não vou esconder-te nada, precisas da verdade.

— Eu já bebia muito, mas quando cheguei à Holanda havia muita agitação, muitas festas... Éramos todos muito imaturos e tolos, tudo era novidade, éramos donos do mundo. O *jazz* tocava-se em bares, as conversas metiam-se pela noite dentro, pelas bebidas adentro. As cervejas eram a porta de entrada. Num instante, deixaram de me satisfazer...

— Durante o curso?

— Sim, Luísa, durante o curso. O rendimento de estudo piorou, ameaçaram que me mandariam de volta, e eu ia tentando. Aguentei-me melhor até chegar ao concerto final, quase consegui. Mas estava perdido...

— O concerto foi quando?

— Julho do primeiro ano.

— Mas estiveste lá mais tempo?

— Imagina a fazer o quê...

O teu sorriso triste mostra que tens vergonha de contar o que fizeste.

Tenho de te contar tudo, Luísa, os segredos tem de acabar hoje, pelo menos os meus.

— Distribuía a minha vida por *jam sessions* em bares onde já tinha tocado, solos em plena rua, o que rendia um bom dinheiro, e as bebedeiras sistemáticas. Achei durante muito tempo que tinha tudo sob controle. Não tinha...

— Quantos anos?

— Luísa, eu voltei para Portugal a meio do segundo ano...

E nunca me procuraste...

Nunca te procurei. Andava embriagado no vício, entretido a queimar amizades.

— Perdi todos os meus amigos por causa do mau humor quando estava bêbedo. O álcool faz-me mudar de personalidade, torno-me agressivo, digo tudo o que penso, não hesito em magoar as pessoas. Sou um monstro. Era um monstro. A única coisa que fiz certa foi não te procurar. Não queria estragar o que tu sempre foste para mim.

— O que fui para ti...?

— Não, o que és para mim, nada mudou.

Sinto o coração acelerado, mas não sei se de medo, se de necessidade de uma revelação de amor antigo. Tudo me parece disparatado.

Tive o bom senso de nunca estragar a imagem que tinhas de mim, mesmo sem me amares, mesmo sem saberes que sempre foste minha, mesmo quando eu ainda não sabia que o eras.

— Não percebo...

— Percebes, custa-te admitir que sempre desconfiaste, talvez.

— Não, Duarte, acho que nunca desconfiei de nada.

E de repente sinto que estou a mentir-te. A única diferença é que só agora tomo consciência disso.

Sempre soubeste; eu sei que sim.

— Talvez soubesse, percebo agora. Conta-me mais.

Adias a parte da conversa que nos vai custar. Aceito.

Preciso saber de tudo, Duarte, não me esconda mais nada.

— Não vim para Lisboa, deixei-me andar pelos subúrbios do Porto. Primeiro em casa do meu pai, que ao fim de dois anos percebeu que tinha de me dar um pontapé psicológico para que eu caísse em mim. Custou-me muito a atitude dele, mas ajudou-me. Dormi na rua, agarrado ao saxofone, nesse dia, na reentrância de uma montra de loja. Depois arranjei um quarto numa pensão velha e suja, mas nem sempre era lá que passava a noite.

— Tinhas uma namorada, era?

— Não, Luísa, era um alcoólico. Dormia onde me apagava, nem sempre em sítios que podia reconhecer na manhã seguinte.

— E a música?

— Ninguém me dava trabalho nessa área, notava-se à légua que não era boa rês. Mas consegui enganar a diretora de uma escola de bairro. Dava aulas à tarde, sempre numa ânsia por sair dali e encontrar-me com as garrafas. Controlava bem aquele período. Os miúdos gostavam de mim, gostavam de tocar, os pais elogiavam-me os dotes de professor. À noite, voltava ao mesmo.

— Até que...

— Até que um dia acordei na rua, num banco de jardim. Sentia-me sujo e frio, mas havia qualquer coisa a tapar o sol, sentia-o mesmo de olhos fechados. Quando os abri, reconheci na desilusão de um aluno meu, de catorze anos, a verdade da minha vida. Ainda tentei falar-lhe, explicar-lhe qualquer coisa, mas ele tinha desaparecido a correr. Não fui sequer mais à escola. Paguei o que devia na pensão, agarrei no saxofone, e enfiei-me num autocarro. Fui ter com o meu pai.

— Ele recebeu-te?

— Não sei se posso chamar àquilo receber-me. Não nos sentamos sequer. Eu chorei, contei tudo, disse-lhe que era um alcoólico mas que queria parar, prometi o que me veio à cabeça. No dia em que começares a desintoxicação, avisa-me, foi isto que ele me disse.

— Como é que ele foi capaz?!

Um filho?! Porque é que não o ajudou? Um filho que queria parar! *Tu terias ficado de braços abertos, Luísa, sei que sim. Ajudaria?*

— Quando me decidi, deu-me dinheiro para arrancar na minha nova vida, se chegasse a fazê-lo. E disse-me só: "este é um caminho que tens de percorrer sozinho; sinto que podes fazê-lo". Doeu-me, mas entendi. Ficar ao pé dele, como no tempo em que vivi em sua casa, não adiantaria nada.

— Mas tu querias parar!

— Uma coisa é querer em palavras, outra é querer até conseguir.

Conto-te as reuniões nos AA, os sintomas da abstinência, as recaídas e as ilusões. Conto-te como mantinha na mente a imagem do meu aluno. Escondo-te que também te mantinha nos meus projetos. Eu, que prometi não esconder mais nada.

Estás a esconder-me um detalhe. Não to vou perdoar. Precisamos de ir até ao fundo de todas as questões que existirem.

— E eu?

Tu sabes...

Tu sabes que eu preciso de saber tudo.

— Só voltei a estar contigo quando já levava dois anos de sobriedade.

— Não é isso que quero que me contes.

— Não queres, mas é isto mesmo que preciso de te contar. Quando me instalei em Lisboa, quando recomecei a tocar, estavas sempre nos meus pensamentos. Sempre estiveste, mas nessa altura nem sabia bem como eras importante para mim. Éramos amigos, isso chegava-me. Morria de ciúmes dos parvos com que andaste. Desculpa, parvos para mim…

Sorrio.

Sorri-me.

— Mas quando nos reencontramos...

— Tu me contaste da Alda.

— Entendo. Recordo esse dia em que, no meio da alegria de te ver, fiz desabar sobre ti o inferno em que me via enredada. *Fiquei sem ação. E na minha frente, a certeza de que nunca poderia ser teu. Não com esse passado, não sendo alcoólico.*

— Não me deixaste decidir por mim, Duarte.

— Eu sei. Não fui capaz.

✳

Repito para mim: não bebo há três semanas e quatro dias. Que interessa isso?

Tenho à minha frente as garrafas que comprei.

Expliquei-me a mim mesma: tenho de ser capaz de resistir tendo bebidas em casa.

Enganei-me a mim mesma: tenho de arranjar uma desculpa para ter bebidas em casa.

O regresso ao hospital encheu-me de rostos que não me entendem. Puseram culpa na Luísa, o que me chocou mais do que tudo o resto. Dizem que ela me abandonou, quando o único abandono foi o da tua companhia. A Luísa não me abandonou, estão enganados.

Sinto que nem preciso de dizer nada. As palavras dos outros repetem-se em coragem, força, passado, recomeço, esperança. Nada do que dizem é meu, mas não podem compreender isso. O que é meu é este desgosto, esta falta que me fazes, esta vida que não é a de mais ninguém, a vida que ninguém entende.

Não me dão o trabalho que me motiva, ou será que o trabalho que me dão já não tem o condão de me motivar? E isso interessa? Não.

Retiraram-me de muitas funções. Sou agora externa ao meu serviço. Fui substituída nas aulas. Aprendo que posso ser substituída.

Tenho à minha frente as garrafas que comprei.

Tenho à minha frente as garrafas pelas quais me vou vender.

Sei que não posso resistir-lhes.

Desculpo-me por tê-las trazido para casa.

Abro uma e bebo. Bebo muito.

Nada mais interessa.

Finalmente estou no lugar onde me sinto eu.

Termino-me.

✳

Não consigo encontrar um significado para a conversa que acabamos de repente.

Suspendemo-nos nas decisões de cada um, ou estamos suspensos na espera?

Preciso agora ir embora; foi o pedido que me fizeste, Luísa, pondo um fim numa conversa que nos aproximou da verdade. Não sei se nos aproximou um do outro.

Eu deixei-te sair. Não por respeitar a tua vontade. Deixei-te sair porque não encontrava a minha vontade — abraçar-te, largar-te, recusar-te, acolher-te, tudo se misturava na tua presença.

Partilho no grupo as minhas dúvidas? Ele incita-me com o olhar, preocupa-se. Aceito o desafio e falo. Há duas histórias semelhantes dentro deste núcleo, o que me espanta. Não devia, mas espanta-me. Oiço-os. Talvez a partilha desta mulher seja a que mais me toca. Chegou há dez meses aos AA, tem quarenta e oito anos, um casamento desfeito há nove, dois filhos e fins de semana alternados para os receber, não ficou com a custódia deles, treze meses de sobriedade e uma vontade de ferro. Apaixonar-se estava fora dos seus planos até há pouco tempo. Do outro lado, o do companheiro, chega a revelação. Partilham uma história semelhante, mas em posições opostas — ele era um familiar... Uma diferença separa-nos — ela abriu o jogo ao primeiro beijo, eu nem cheguei a dar o beijo, muito menos a verdade ao primeiro reencontro. Ela perdeu-o. Receio que me aconteça o mesmo.

Sinto a necessidade de falar com ela em particular. Será que aceita ouvir-me e contar outros detalhes?

— Podemos conversar mais um pouco? — pergunto, sem hesitação.

— Claro que podemos, talvez isso nos ajude a ambos.

É assim que a conversa nasce. O cenário é o mesmo, mas as cadeiras à nossa volta estão agora vazias. Mostra-me as fotografias dos filhos, já adolescentes; comove-se. Abrimos um ao outro o livro do que já vivemos.

— Não queria que pensasse que agiu mal ao contar-lhe, Duarte — pede-me. — Eu tenho a certeza de que fiz bem, não suportaria deixá-lo na ignorância. Também acho que não suportaria ter essa dúvida sempre dentro de mim: se ele soubesse...?

— Não se arrepende?

— Não, e acho que também não deve arrepender-se. Resta agora saber como será o futuro. Falou-se na reunião de que há uma espécie de atração por situações conhecidas, em padrões de comportamento. Este homem é filho de um alcoólico. No entanto, recuso-me a pensar que foi só isso que nos atraiu.

— Claro, nem é isso que importa. Falamos de comportamentos-padrão por ser uma possibilidade, uma realidade.

Calo-me e penso. Luísa, tu não te sentias apaixonada por mim antes... Por que agora?

— Duarte, oiça as suas próprias palavras, não se martirize assim.

Sorrio-lhe, adivinhou-me as dúvidas. A felicidade e a força que recebi com a sobriedade parecem agora comprometidas por este amor que não quero deixar correr.

— Sinto que não tenho o direito de a ter ao meu lado — desabafo.

— Não, Duarte. Não tem é o direito, se ela o aceitar como é, de a rejeitar.

Sinto-me egoísta, muito egoísta. Sinto isso com a mesma força com que te desejo, Luísa, e parece-me que, também nesse desejo, volto a ser egoísta.

✳

Encontro-te bêbada e revolto-me. Não grito nem choro, revolto-me. Não te peço explicações, não te lembro as conversas que tivemos, não te atiro à cara as culpas que conheço. Apenas me revolto.

De novo — tudo começa de novo, igual.

Faltaste ao hospital? Não me interessa. Vejo-me com a frieza do teu pai, Duarte, capaz de dar um pontapé em tudo e seguir. Talvez fugir.

Olho à minha volta. Nunca terei sentido esta casa como verdadeiramente minha, ou apenas arquiteto esse pensamento para me justificar? Apetece-me sair daqui. A culpa é tua, Alda, sempre foi. Esta vida é tua, sempre foi; e a minha? Onde é que existe o espaço para a minha vida? E para a minha culpa? Sempre foi minha, também. Tenho tantas culpas como tu.

Podia telefonar-te, Duarte, mas sinto-me encurralada, rodeada de garrafas, cheiros, promessas, relatos, dúvidas, esperanças frustradas, histórias que me custam entender. Apenas uma certeza me atinge: quero sair daqui.

E é na raiva que imagino a reação dos teus colegas, Alda. Sei que me vão apontar como aquela que nunca te ajudou, que se aproveitou de ti para ter uma casa e que fugiu quando mais precisavas de mim. Enganam-se, mas não quero explicar-lhes nada. Tenho estado sempre aqui, anos atrás de anos, à distância de um percurso de carro, de um telefonema, de uma porta, de uma conversa, de uma mão estendida para te oferecer toda a ajuda que sei dar. Fiquei sempre para trás, sempre. Não é isso que me dói, não é. O que me dói é que nunca quiseste a minha ajuda. Nunca percebeste como gosto de ti, como gostava de te ver fora do álcool, como és para mim uma referência, um exemplo, um exemplo que destruíste por capricho, pois é assim que te sinto.

Abro o jornal com as mãos a tremer. Procuro arrendamentos possíveis, uma casa onde possa estar só eu. Apercebo-me, em poucos segundos, de que calculo a casa perto de ti, não perto do emprego, nem do Duarte, e revolto-me de novo. Quero estar longe, ou quero que penses que estou longe? A indecisão abalroa-me. Mas continuo, anúncio a anúncio, deixando o jornal crivado de círculos a proteger o espaço que me pode proteger de ti.

E na revolta não choro. A raiva é mais forte. Um pontapé é a única imagem que está dentro de mim. Um pontapé, e eu fico longe disto. Atiro o jornal para o chão. Saio. Prefiro as ruas e as janelas que espio a espiar-te aqui dentro, Alda. Já não aguento mais!

Décimo primeiro passo

— Vamos então do início, Ok? — peço, entusiasmado.

— Sim, Duarte, recomeçamos. Mostra-nos agora o solo que querias fazer...

Entrego-me à música, ao grupo, ao material que estamos a montar, entrego-me a tudo para me distrair do que vou pensando, minuto a minuto. O solo deixa-os extasiados! Acaba por se refletir no solo do contrabaixo, contagiando também o do piano. Quando terminamos, o ambiente está quase eufórico. Soubessem eles que o solo corresponde a esta dúvida que carrego... Recebo palmadas nas costas, sinto uma confiança crescente — temos consciência de que o concerto vai dar que falar.

Fazemos um intervalo, merecido. Estamos cansados e suados. O Joka aparece com umas cervejas frescas, perguntando-me se para mim é o sumo do costume. Ninguém deste grupo sabe — será leal não lhes dizer?

— Sim, sumo, mas eu vou buscar...

— O menino dos sumos... Ainda um dia hei de ver-te a apanhar uma bebedeira valente, Duarte — profetiza o Miguel, na brincadeira.

— Não queiras. Sou alcoólico, estou sóbrio e pretendo continuar assim.

Um incômodo envergonhado apanha-os de surpresa.

— Desculpa, pá, não pensei...

— Não tem problema! Até me sinto melhor por saberem, escusam de me andar sempre a oferecer bebidas. Mas não fiquem preocupados, esse assunto está encerrado.

— E podes ficar descansado, não vamos falar disto a ninguém — acrescenta o Joka.

— Claro — reforça o Luís, logo secundado pelo Miguel.

— É engraçado... Sinto que não me importo, agora já não...

A conversa avança, mudando de rumo. Fazem-no de propósito, querem que pense que está tudo igual. Acredito que esteja, para eles. O que me surpreende é, que para mim, mudou muito.

O ensaio recomeça, depois de corrigidas as malhas, decidida a sequência das músicas que vamos tocar. Queremos fazer uma passagem completa, perfeita, como se já estivéssemos em palco.

E é assim que me confundo com o meu saxofone e mergulho na música sem existir mais nenhum problema, dúvida ou preocupação, esquecido de tudo, e todo dentro deste universo que é o meu — o do *jazz*.

Para trás fica o alcoolismo, que não me define como pessoa. Eu não sou só um alcoólico, sou uma pessoa, um músico, um amigo, sou tudo o que quero ser e espero ser ainda mais.

E lembro-me do meu pai, recordo o dia em que o convidei para o primeiro concerto que dei no Porto, o dia em que lhe mostrei que estava sóbrio, seguro, transpirando o som que me habita; o dia em que li, nos seus olhos, a certeza de que tinha feito o correto, o necessário.

✳

Cada anúncio, cada telefonema, veste-se de traição. É o que sinto. Confundo-me: estou a trair, ou fui traída? Não sei. Adiei a decisão mais semanas, mais dias, mais bebedeiras, que não param do outro lado da porta. Deixaste de ir ao hospital, Alda, não sei como tens justificado as tuas ausências. Nem a mim as justificas.

Vejo-te todos os dias. É só isso que faço, que fazemos — vemo-nos. Ficamos atadas num silêncio cheio de rancores, de frases que sonham ser ditas, embora vazias de esperança. Sei que não é só de mim que tudo isto nasce, pois tudo o que nos ligava começou a morrer. Do teu lado é igual. Encontro mais. Encontro-me com esta morte, diferente da que procuraste; uma morte de vontade, envolvida no nascimento de uma necessidade de me libertar, sempre temperada de remorsos.

E tu, Alda? Tens remorsos da via que escolheste? Desta via do álcool, quando estávamos todos mobilizados para te acompanhar, eu e os teus colegas e amigos fora dele? Tens? Tens consciência do que já batalhei por ti, para ti, contra mim, por mim? Tens?

Escondo a cara nas mãos, finco os cotovelos nos joelhos e choro. Tenho consciência de que choro quase todos os dias. Não adianta nada, mas choro. Comovo-me com a esperança idealista de que, quando te disser que vou sair desta tua casa que pareceu quase minha, fiques em choque, choque-te comigo, choque-te contigo e com essas garrafas, que ponhas um ponto final capaz de fazer desaparecer este que eu estou a construir, este final da minha permanência junto de ti.

Abato-me na certeza incômoda — não vai mudar nada. Mudo-me eu — para outra casa, com outro cheiro, com barulhos anônimos nas paredes, com uma porta para o patamar, esse espaço que só irei partilhar com vizinhos, anônima quando chego e saio, só reconhecida dentro do meu espaço, do meu silêncio e, também estou certa disso, da minha mágoa.

Seis e vinte. Tenho dez minutos para compor a cara, a expressão e a coragem. À minha frente, um prédio, uma hipótese e um sofrimento. No estômago, uma dor que me lembra que, mesmo se ficar de cara normal, de expressão serena e cheia de coragem, levarei sempre comigo a consciência do que estou a fazer, alojada no centro do meu corpo.

É a quarta casa que visito. Nenhuma das outras me seduziu o suficiente para significar um recomeço da vida que tenho deixado cair em esperas sucessivas. Toco a campainha, e a porta de entrada do prédio estala, convidando-me a subir.

Terceiro andar, sem elevador. Tudo isto me é familiar. Subir, nos dias em que custa e nos outros, esperando ter pelo menos alguns dias em que não me custe nada. Gosto do cheiro da escada, da luminosidade que os vidros foscos emprestam aos degraus, gosto do corrimão de pedra aveludado. Apaixono-me pelo prédio ainda antes de conhecer a casa. Chego.

O patamar tem muita luz. Acima, só existe a entrada para um apartamento esconso, calculo. A clarabóia no topo é grande, quase bonita.

A porta, que pode vir a ser minha, abre-se à mesma velocidade a que o meu sorriso e o da senhoria o fazem. Entro.

Sinto-me em casa, estranhamente em casa. O estômago contorce-se, quer distrair-me, mas não consegue. Estou embriagada pela possibilidade.

✳

Estou embriagada, e então?

Não sei porque me olham assim, irritam-me.

Os passos descompassaram-se logo de manhã, não posso endireitá-los.

Este caminho até à mercearia parece-me maior.

A luz fere-me os olhos e a vida.

Não quero saber!

Hesitam quando entro, sei que trocam olhares.

Vigiam-me os passos, como se fosse uma ladra.

Não sou!

Gaguejam ao fazer a conta, ao acondicionar todas as garrafas no saco.

Observam-me os passos, como se fosse uma alcoólica.

Não sou!

Ainda esboçam uma frase moralista.

Estico a mão, calam-se.

Não quero saber!

Resta-me o caminho inverso, cada vez maior.

O peso do saco desequilibra-me ainda mais os passos.

Passos que já não quero prolongar.

O elevador tarda, impaciento-me.

Confundo os números, relembro os números gaguejados da conta.

Perturbo-me por instantes.

Não me interessa, desligo.

O patamar.

Duas portas para abrir.

Duas chaves que implicam comigo, uma a seguir à outra.

Não quero saber.

Cheguei. Acabei.

*

Espero-te na esquina em frente da editora, Luísa. Cheguei antes da hora, e aqui estou, encostado à parede, brincando com a chave do carro.

Telefonaste-me com um entusiasmo diferente na voz, que se entrelaça com o nervosismo que tomou conta de ti. Disseste que parecias uma criança. Discordo. Pareces-me, isso sim, alguém que luta desesperadamente para reaver uma liberdade que julga não merecer, apenas fingindo que a merece.

Acenas-me de longe, aguardas que o sinal mude para verde e te permita avançar, e eu sorrio. Se houvesse semáforos nas nossas vidas, semáforos capazes de nos fazer andar ou parar, dar uma corrida no último segundo e conseguir atravessar, era tão mais simples...

— Fui ver a casa — disparas.

— "A" casa?

— Sim, já vi muitas, eu sei, mas descobri uma diferente, uma que pode ser minha! É minúscula, mas tem muita luz, uma praceta sossegada em frente, tem tanta coisa que me agrada. Até o aluguel é levezinho! Tudo...

— Vais mesmo sair, então...

A tua expressão escurece. Seguro-te na mão, não quero que penses que é uma crítica.

— Quando decidi mudar-me para o Porto, já não fui a tempo. Eu sei que não sabia se ia por querer aquele trabalho, ou se estava só a fugir. Hoje sei que estou apenas a fugir. Isso entristece-me, mas não vejo outra saída.

Falas sem parar, enquanto entramos no café. Tens medo de perder a coragem, tens medo de perder a casa, tens pavor de perder a Alda e sabes que ao lado dela só estás a perder-te a ti. Desta vez não choras. Mas sinto-te o sofrimento marcado no corpo.

— Ontem tive consulta, falei desta decisão.

— E...?

— Não sei bem se a choquei, ou se até estava à espera disso. Não se mostrou a favor nem contra, quis que eu lhe explicasse as razões. Elas eram simples: eu preciso sair de ao pé da Alda, ali morro a cada segundo. Sou dispensável, não me ouve, não acata o que lhe digo, nada. Vive absorvida pela sua história, uma história única, diz ela. Ninguém a entende, ninguém sabe o que está a sofrer, repete sempre isto. Eu percebo o que ela diz, mas não a entendo. Não sei o que está a sofrer. Só sei que não tem o direito de me fazer sofrer assim. Não tem!

Deste um murro na mesa do café, chamando a atenção dos que nos rodeiam. Eu sorrio, não tem problema. Mas, para ti, tem. Tem este terrível problema de dizeres que tens direitos e de não acreditares que os tens.

— Quando é que te mudas?

— Ainda não disse à Alda...

— Quando? — insisto.

— Vou mudar-me para a semana, que é princípio do mês.

— Posso ajudar-te na mudança?

Hesitas. Coras. Não, Luísa, não estou a pensar que temos conversas por acabar, que temos assuntos por resolver, não estou a pensar em nada. Só quero ajudar-te.

— A casa tem alguma mobília. Falta muita coisa, mas a base está. Tenho frigorífico, fogão e esquentador, uma cama, uma cômoda grande e um armário, tudo de pinho simples; não preciso de mais nada. Vou trazer as minhas coisas: o televisor, o rádio, aqueles sofás... e os candeeiros também são meus. Roupa de cama e toalhas, loiça, aspirador...

— Luísa... Queres que te ajude?

Baixas os olhos e remexes o fundo da chávena.

— Quero. Se tu quiseres...

— Claro!

Decides então que é tempo de virar o disco. Aceito. Falo-te do concerto, ofereço-te o bilhete que reservei para ti, conto-te como têm sido os ensaios, distraio-te. Não, estou a mentir. Distraio-nos, é mais isso.

Sinto-me a enlouquecer.
Sinto-me a enlouquecer sem ti.
Já não me basta conversar contigo em pensamento.
Já nada me basta.
Não escondo as garrafas, nem as vazias, nem as cheias.

Se a Luísa aparecer, quero que as veja.
Não sei se quero vê-la.
Queria que se fosse embora...
Vejo as garrafas, são muitas.
Vejo-me nas garrafas, devo estar a enlouquecer.
Entrego-me à ideia de enlouquecer.
Não me vejo sem estas garrafas.
Entrego-me à insanidade.
Não me vejo.
Não me oiço.
Entrego-me.

— Estás a ouvir, Alda? Vou-me embora. — encolhes os ombros e olhas para o lado.

— Podes ir já hoje — respondes com dificuldade, com a voz carregada desse hálito forte onde reconheço o *gin*, o *whisky*, aquelas malditas papas e uma raiva disforme.

— Não posso ficar aqui a ver-te beber todos os dias, sempre, sem quereres encarar as saídas que te proporcionamos, sem quereres saber dos outros que querem saber de ti. Não há nada a fazer, porque tu não deixas! Encontrei uma casa que...

— Vai!

— Quero que me oiças, Alda!

— Mas eu não preciso de te ouvir, não preciso, percebes?

E levantas-te, num passo bêbado. As roupas estão sujas, o cabelo empapado, os chinelos rotos. Esticas um dedo para mim, encarando finalmente os meus olhos.

— Sai!

— Vou levar as tuas chaves. Volto quando precisares, volto para te ver, volto se quiseres ver-me, ou conversar, ou...

— Eu não te dou autorização para ficares com as chaves!!!

— Não me interessa. — um arrepio sacode-me as costas. Não sei donde me veio esta ideia, mas estou certa. — Não estás em posição de me dares ordens, nem de me impedires de poder dar-te a mão, não tens esse direito!

Estou aos gritos. Não queria, mas é mais forte do que eu. Empurras-me, estás furiosa. Abres a passagem para o *hall*, o estúpido *hall*, desequilibras-te, e sou eu que te amparo, embora a tua reação seja violenta. Empurras-me, queres-me dali para fora. Fechas a porta com uma tal violência que me sinto autorizada a excluir-me. Oiço-te gritar:

— Ingrata!

E isso não me aflige. Não entro no meu lado. Saio para o patamar, desço a pé os doze andares, saio para a rua na ânsia de respirar longe do teu cheiro, da visão da tua degradação, da tua indiferença, das tuas decisões. Deixo-te na permanência que escolheste, uma permanência feita de álcool que não concebe nenhuma outra. Vagueio pelo bairro. Vagueio sem rumo. Um homem interrompe-me a fuga.

— É a Luísa, não é? Olá, sou o Diogo, interno no serviço da doutora Alda.

— Desculpe, Diogo, não o reconheci.

— Está tudo bem? Andamos preocupados, sabe? Para nós foi um choque saber que a doutora Alda pediu a reforma antecipada. Uma mulher brilhante como ela, com tanto para dar...

Não sei o que responder. Não sabia de nada. Será que devo disfarçar ou assumir que é uma novidade para mim? Hesito.

— Não acredito... A senhora não sabia...!

— Não. Quando é que isso foi?

— Logo a seguir à tentativa de... A senhora sabe, logo depois de...

— Estou a ver.

— Eu sei o que você deve estar a passar, acredite que sei. Sentimo-nos todos impotentes e sem saídas. É muito difícil lidar com um alcoólico que não se assume como tal e que não tem qualquer vontade de mudar.

— Vocês sabem?

— Toda a gente sabe, Luísa. Mesmo assim, tentamos que não abandonasse o serviço, sempre tinha objetivos, uma rotina.

— Já não adianta, ela desistiu.

Soa-me a verdade esta frase que produzo sem querer.

Ficamos calados, sem forma de reatar uma conversa que nasceu desgovernada. Os segundos levam-nos numa outra direção, e arrisco:

— Vou mudar-me para outra casa. — a surpresa dele custa-me.

— Nesta fase… é capaz de…

— Sabe quantas "destas fases" já vivi ao lado da Alda? Sabe há quantos anos isto dura? Desculpe, estou a ser bruta. Já não aguento.

— Por favor, não tem de me dizer nada… De facto, nem eu tenho nada que me meter neste assunto. Eu é que peço desculpa.

Despedimo-nos sem conseguir perceber as razões um do outro, mas nesta fase, nesta minha fase, não interessa, desejo que não interesse. Engano-me. Regresso a casa com o peso da culpa centrado no estômago e na alma.

✳

Vejo-te a observares o tamanho dos caixotes. Bem sabes que não há nenhum onde caiba o receio que sentes, Luísa, nenhum. Eu faço o trabalho mais pesado, esvaziando estantes e organizando os livros pela ordem que pediste, finjo-me distraído. Mas o pesadelo está do teu lado. Custa-me não te conseguir dizer o que precisarias de ouvir. A verdade é que não sei como fazer conversa, não hoje.

Foste ver a tua prima, o cenário mantém-se igual aos dias anteriores. A Alda não te responde, encolhe os ombros. Passa os dias num estado entorpecido, que apenas se modifica quando a necessidade de comprar comida ou bebidas fala mais alto; a higiene pessoal é intermitente, a da casa é assegurada pela dona Lena. Um denominador comum a todos os dias: o álcool.

Sinto que me queres fazer uma pergunta, e, neste instante, adivinho-a. Desejo que não a faças, penso em formas de a contornar se a fizeres, aflijo-me por não poder simplesmente não responder. Preciso que não perguntes nada!

Seguras-me no braço. Os olhos estão agora vermelhos do esforço que fazes para não te desmoronares. Tentas falar, e eu tento mostrar-te que não precisas de falar. Mas tu insistes, insistes porque não aguentas essa dúvida que se atravessou no teu pensamento. Eu acato, não posso fugir. Pouso os livros, oiço-te.

— Se fosses tu… — balbucias. — Estás a sentir que também te estou a abandonar?

— Não digas disparates, Luísa...

— Responde-me, eu preciso que me respondas.

Sento-me no sofá, tu imitas-me.

— Não estás a abandonar ninguém. Então? Pensei que já tinhas ultrapassado esse assunto. — estou a ser pouco sincero.

— Se fosses tu, Duarte, se eu te estivesse a deixar para trás...

— O teu medo é que eu esteja a pensar nisso? Que, se estivéssemos juntos, tu sairias? Então, eu relembro-te o meu receio, o que sempre tenho tido. Se estivéssemos de fato juntos, tu tinhas de ser capaz de sair, Luísa, tinhas de ser capaz de me dar um pontapé, tal como o meu pai, tinhas de me mostrar a realidade.

Talvez assim percebas melhor porque é que nós não podemos estar juntos. Eu não quero correr o risco de te arrastar para uma situação igual. Não quero!

A frase atinge-nos com a mesma força, tira-nos o sossego e o discernimento. Acabei de dizer o que se revolve dentro de mim, dia após dia. Acabei de dizer o que resume a tua angústia, minuto a minuto. Para onde foi a força que tive há dias? Apetece-me gritar mais qualquer coisa, mas tu surpreendes-me.

— Achas que ponha as loiças todas no mesmo caixote? Não fica pesado?

Desconserto-me. Que fizeste ao ambiente pesado que estávamos a viver? Do pesadelo que sentimos? Seduz-me este alívio, este teu evitar da questão. Arrisco seguir-te nesta loucura, a de fingir que nada dissemos, que nada pensamos, que nada nos assusta. Por umas horas? Talvez... Meto mãos ao trabalho, ainda só enchemos três dos doze caixotes. Doze? Não. São treze.

Décimo segundo passo

Tenho o cabelo atado com um pano de cozinha. Tenho as emoções atadas com um nó que não posso ainda desatar, não enquanto não arrumar tudo nos sítios. Tenho a casa atada a mim, numa descoberta tímida — estou longe e não sei se alguma coisa mudou. Hoje pedi-te que não ficasses, Duarte, e tu não regateaste. Ajudaste-me a pôr os sofás no sítio, fizeste as ligações elétricas e saíste quando te pareceu que o teu trabalho, aquele que poderias fazer por mim, estava completo. Achei-te quase feliz, como se a sombra que aprendi a reconhecer nos teus olhos se tivesse dissipado.

Ligo o aspirador. Canto por cima daquele som constante, canto muito. Preciso de aspirar o pó e as dúvidas, pois acho que dormirei aqui hoje. Andar entre esta casa e a tua, Alda, dormir lá e passar o resto do tempo aqui não pode ser uma rotina. Passaram-se muitos dias. Passaste muitos dias repetindo o que queres. Passei muitos anos a pensar que fazia a diferença, ficando. Contudo, não faço. Sei que, para ti, eu estar ou não do outro lado daquele *hall* não significa nada. Pior — sinto que já não sabes o que significa ter-me perto. Vives o teu destino sozinha. Serei eu capaz de viver o meu?

Escolho os lençóis, faço a cama, preparo o ambiente.

Escolho os pensamentos, faço o exercício de relembrar o direito a viver, preparo a consciência.

Escolhi sair, fiz tudo o que me foi possível, preparei-me para a mudança.

E tu, Alda?

Escolheste o álcool, fizeste tudo para me afastar, preparaste-te para seguir sozinha, não foi?

Engano-me. Nada do que vivemos se pode simplificar.

O que escolheste foi não lutar contra o álcool, fizeste o possível para viver apenas na dor, preparaste-te para acabar assim.

Um arrepio faz-me regressar à almofada, esquecida no ar, a meio caminho entre mim e o lençol. Poiso-a com cuidado. Mesmo que agora a coragem me falte, vou dormir na minha casa nova. Nesta casa velha que me recebe como nova, nesta vida velha que me recebe com uma atitude nova.

Amanhã terei reunião com a direção, muita coisa para decidir, muitas palavras de outros para encaminhar. Não vou ouvir as tuas, Alda, hoje não.

✳

O ensaio deixou-nos exaustos. Despedimo-nos em meias frases. Estamos a dois dias do concerto, muito mais nervosos do que poderíamos imaginar, irritadiços e obsessivos em relação a todos os detalhes. Há muito tempo que não me sentia assim, e é nesse tempo que ficou para trás que recordo.

Não recordo os concertos, recordo o impulso para beber. Uma inquietação que me toldava o raciocínio, que me distraía das conversas, que me atirava para as cervejas, como se estas tivessem o poder de modificar a minha vida. Modificavam, embora só tenha descoberto isso muito mais tarde. Cervejas e tudo o que aparecesse; deixei de ser seletivo muito depressa.

Tenho consciência, enquanto vagueio pelas ruas, de que me seria tão fácil entrar num bar, pedir uma bebida e recomeçar. A tênue distância entre as duas vontades provoca-me. Chego mesmo a parar, a entrar, testando-me ao limite. Quero saber.

Acomodo o saxofone entre as minhas pernas e o balcão, olho em volta, e é no exato momento em que a rapariga de olhar cansado me pergunta o que desejo que eu respondo o que realmente decidi: ficar sóbrio.

— Tem sumos?

— Com gás?

— Preferia sem.

Ela abre uma seção da arca onde tudo se guarda numa coexistência pacífica, e eu posso escolher de novo. Escolho um sumo de lata, de pera, o de que mais gosto, e delicio-me a festejá-lo como uma vitória, mais uma, uma que me traz à mente a Luísa e as nossas conversas.

Numa vertigem, penso que posso estar com ela, que posso ser, mais uma vez, só eu, não o alcoólico. Eu, uma pessoa, um músico, um amigo, sou tudo o que quero ser e espero ser ainda mais. Repito para mim aquilo em que preciso de acreditar, mas é na imagem da Luísa que tudo se desmorona. Não posso deixar que ela viva nesta dúvida, sabendo que eu posso fazer isto: entrar num bar e pedir outra coisa que não um sumo. Sinto que não tenho o direito de a colocar ao meu lado. Sinto que não tenho o direito de a amar como amo. Mas sinto com a mesma força que não tenho o direito de escolher por ela.

Num gesto conhecido, peço outro. A rapariga hesita:

— Pera?

— Não, agora pêssego.

É no estalido que o metal faz ao abrir que entendo. A decisão não é minha. A única que depende apenas de mim é saber até onde vai o meu amor pela Luísa. Não tenho dúvidas. Sei que irá para lá da realidade do que possa vir a acontecer. A Luísa pode não me querer ao seu lado. Continuarei a acreditar, sóbrio e entregue, que a posso fazer feliz. Se for só a amizade, empenhar-me-ei nela, sempre.

Pago e saio, repetindo gestos iguais no mesmo contexto, mas em atitudes diferentes. A vontade sou eu que a controlo. Sinto-me aliviado.

A Luísa saiu daqui há quase três semanas.

O tempo voou desde que ela saiu.

Vem ver-me muitas vezes, viola-me o espaço.

Sempre aquela chave…

Já não me importo.

Quero estar sozinha.

Estou, mesmo quando ela vem.

Hoje bebo muito.

Hoje preciso de beber muito.

Tu sabes o porquê: foi num hoje antigo que me abandonaste.

Tenho a camisola molhada, não me importo.

Tenho o teu casaco encostado ao que fui, não me reconheço.

Procuro a garrafa nova.

Custa-me abri-la.

Bebo pelo gargalo.

Bebo mesmo muito.

É num desequilíbrio que paro, sentada no chão.

Pesam-me os olhos.

Pesa-me a cabeça.

Pesa-me a vida.

Peso…

❋

Ligo para tua casa, e não me respondes, Luísa.

Nunca isso me preocupou, por que hoje?

Volto a marcar o número, agora o antigo.

É uma voz angustiada que me recebe como se eu pudesse salvar o mundo, aquele mundo que acabou de desabar.

Guio sem cuidado, preciso de chegar antes de ti, Luísa. A dona Lena está fora de si, não te encontra, não sabe o que fazer.

Preciso de chegar antes de ti.

Preciso de te guiar por este dia com cuidado.

Preciso.

O espectáculo exige de mim uma serenidade que não pensei ter. A dona Lena aconchega-se nos meus braços, chora, treme. A Alda está ali, no quarto, sentada no chão. A Alda está ali, sentada no chão, sem vida. Avaliando pela cor do rosto, sufocou. Demasiado embriagada para levantar a cabeça e respirar. Uma imagem demasiado embriagada.

Peço à dona Lena só mais um rasgo de coragem. Precisamos de a deitar na cama. Tu vais entrar por aquela porta daqui a pouco, Luísa, não quero que vejas isto.

Lembro-me então do colega. Diogo? Talvez... Procuro-o na lista de telefones. Encontro-o, marco o número. Peço-lhe que venha depressa. Ele diz-me o que já sei: mora perto. Gostaria de que chegasse antes de ti, mas não sei se isso será possível.

Não é...

— Ai, menina, a sua prima...

Seguro-te à entrada. Espera, Luísa, não entres assim. Sossega primeiro a dona Lena, eu estou aqui para te sossegar a ti. O Diogo aparece, afogueado, veio a correr. É a ele que mostro primeiro o corpo inerte. É ele que percebe o que se passou. É ele que nos conta o que já sei, despedaçado pela evidência, pelo cenário, pela perda. A Alda sufocou num coma alcoólico.

Choras? Não... Há algo que te impede de chorar, Luísa. Estás em choque, com a dona Lena agarrada a ti, fora de si. Estarás tu também fora de ti?

O Diogo toma as rédeas da situação e chama uma funerária. Só nesse momento te levo até ao quarto. Ficas de pé, hirta, encostada à ombreira, sem ação, sem lágrimas, sem palavras. É o teu último momento antes de tudo o que virá a seguir. Mas eu estou aqui, ao teu lado, sempre.

Vesti-me de preto para condizer com o que sinto por dentro. Uma parte de mim morreu contigo, Alda, e tu nunca vais saber disso — a parte que tentou tirar-te de onde não querias sair. Falhei... e essa frustração pesa-me. Calculo que ficará comigo. Mais, não duvido de que vai ficar.

Senti-me um autômato, que repete frases engendradas para camuflar a verdade. Não precisavas de morrer alcoólica, Alda, tivemos esse cuidado. Nós quatro, eu, Duarte, dona Lena e Diogo repetimos uma versão combinada que te deixa morrer com a glória com que viveste. Estamos a conseguir.

Rostos conhecidos, muitos colegas meus, outros teus, outros apenas desconhecidos para mim, que para ti seriam certamente próximos, doentes a quem salvaste. Só não conseguiste salvar-te a ti mesma. Nem eu a ti. Abraços e lágrimas, missas, cortejos, funeral. Tenho de tudo uma visão difusa, parece-me tudo um cenário.

Vieste comigo, Duarte. Estás a aquecer água na chaleira, preparaste as chávenas grossas, essas que um dia serviram para soletrar uma atitude de que eu precisava de ser informada. Trouxeste pão e queijo, dizes que não como há horas. Talvez seja verdade, não me lembro.

Sentas-te ao meu lado, passas-me o chá e o pão, insistes para que me alimente. Eu repouso a cabeça no teu ombro, repouso os remorsos na tua sinceridade, repouso a minha angústia por ter falhado na tua amizade, alimento-me de ti.

— Vou ter de ir arrumar a casa da Alda...

— Não penses nisso agora.

— Disse à dona Lena que tirasse tudo o que quisesse de roupas, sapatos e malas, sempre ficam menos coisas para...

— Não penses nisso agora, Luísa, vá.

— O que é que eu fiz, Duarte?

O dique quebra-se, finalmente. O desgosto sacode-me, sinto-me ainda mais dissociada do espaço, dos acontecimentos, de mim. Afagas-me o cabelo, apertas-me contra ti. Sussurras que fiz tudo o que podia. Então porque é que sinto que não tentei o suficiente?

Conversamos pela noite adentro. Avisas-me: vais dormir no sofá, não me queres sozinha esta noite. Eu aceito. A verdade é que adormecemos assim, os dois no sofá, entrelaçados, ombro a ombro, cabeças encostadas. Acordamos incômodos e de pescoços torcidos, mas conseguimos rir, e eu agradeço-te. Abraço-te, abraço-te muito. Tu aceitas este estreitar daquilo que ainda não definimos. Aceitas-me. Eu sei que te aceitei também a ti.

Hall de saída

Entramos, de mãos dadas, pois, desde que decidimos partilhar a vida, este gesto acontece sem darmos por ele. Pedi-te que me deixasses entrar na tua vida, tu pediste-me que me deixasse mostrar quem és em todas as verdades contadas.

Deixamos que a nossa vida em comum se mostrasse para nos aquietar os dias.

Os cheiros chegam até mim, não vindos da casa, mas da minha memória. Percorro o meu antigo espaço, agora vazio, sem mobílias nem rotinas, sem aflições nem noites em claro. Está vazia, esta que nunca foi a minha casa.

Vejo-te vaguear pelo espaço que nunca te acolheu. Conferes se todas as janelas estão bem fechadas, desce as persianas devagar, como se tivesses medo do barulho que fazem. O espaço escurece, perece-me um fade out *para que a cena mude.*

Avanço para o teu lado, Alda. Também está vazio, sem mobílias nem garrafas, sem ti, sem a tua vida interrompida, não na morte, no luto. Não consigo deixar todas as janelas fechadas, escolho uma para ficar aberta. Sinto que tudo o que aqui se viveu, tudo o que aqui viveste, precisa de se poder escapar por esta janela. Baixo as persianas e relembro o teu pai, o que me emprestaste para que crescesse perto de ti. Não faço barulho, respeito o silêncio que ficou depois de ti, Alda. Só não baixo naquela que ficará aberta. Hesito. Não, também esta se pode baixar.

Permaneces de pé ao lado da janela que decides deixar entreaberta, desces a persiana com muita lentidão. Num último minuto, entra uma semente, trazida pelo vento. tem a forma de uma estrela, de um pompom, agarras nela com cuidado, mostras-na.

— Eu e a Alda chamávamos a isto bruxinhas... Pedía-mos-lhes desejos.

Sussurras qualquer coisa que não ouço, para depois a soltares do lado de fora da janela. Ficas a vê-la esvoaçar. Sei que gostarias que aquela semente fizesse as pazes entre as duas. Não te vou dizer que o tempo terá primeiro de passar por ti até o conseguires.

Solto-a no ar, pedi-lhe que me ajude a encontrar uma vida agora minha. Espero que me tenha ouvido. Espero que me ajude. Também pedi que me apaziguasse contigo, Alda, se isso for possível. Agarro nas tuas mãos. Porque será que custa tanto encerrar este capítulo?

Abra o-te e permanecemos assim durante os segundos de que tu precisas para caminhar para fora daquele espaço.

✳

— Devia ser capaz de ficar aqui...

Estamos no *hall*, já não o estúpido *hall* de entrada, apenas um *hall*, onde me preparo para abandonar o espaço onde vivemos juntas, Alda.

Parece-me agora um hall de saída...

— Não tens de te sentir forçada a fazer rigorosamente nada, Luísa.

— Mas esta casa...

— Não gostas da tua?

— Minha?

Sorris, gostaste do desafio, e eu desarmei a tua pergunta. A casa já é tua, também, é lá que estamos nesta vida que agora partilhamos.

Não consigo imaginar-me a habitar de novo aqui. Canso-me com a ideia de obras, de ter uma casa enorme. Não, estou a mentir. Canso-me com tudo o que aqui passei, canso-me de no futuro tropeçar todos os dias naquilo que aqui se passou e no que nunca chegou a acontecer, canso-me ainda antes de sentir tudo isto.

Eu seria capaz de viver aqui? Acho que não, Luísa. teríamos de co-abitar com muito mais do que o espaço. São as memórias que te levam daqui para fora. Que me levam, também a mim, daqui para fora. Preciso de começar do zero, tu também.

Precisamos reconstruir.

— Reconstruir…

— Diz?

— Acho que precisamos de reconstruir a nossa vida, Luísa.

Abraça-me como naquele dia.

Abraço-te. Quero-te. Quero-te como no dia em que decidimos enterrar as dúvidas, as guerras, as mentiras e as verdades, para sermos só nós. Não tu como alcoólico, não eu como familiar, só nós… Nós, as pessoas que somos.

Só nós, pessoas individuais e juntas num projeto de vida. Juntos numa casa pequena onde cabe tudo, tudo o que somos.

Mas reconheço que perdi o guião. A vida parece-me desconexa. O teu problema, Alda, preenchia-me as inquietações, inibia-me os projetos, mas mantinha-me numa sucessão de passos conhecida. Vivi dentro do teu alcoolismo como uma viciada, dependente do sofrimento que tinha para justificar o que não vivia. Agora, não tenho o novo guião, não o escrevi, ninguém o pode escrever por mim. Assusto-me por ter de o ir escrevendo, dia a dia.

Sinto-te perdida no que agora és. Não te reconheces, estranhas o peso que desapareceu mas que ficou, remexes os remorsos, tentas descobrir pistas que te levem para uma outra vida, finalmente só — tua. Sei que não posso escrever por ti o novo guião, apenas te posso acompanhar. f énesse acompanhar atento que me reconstruo, na mesma velocidade que tu.

— Quero reconstruir-me contigo…

— Não, Luísa.

Assustei-te, desculpa. Enlaço-te de novo.

— Tu existes, tu pensas, vives, tu tens de ser tu. Eu estou ao teu lado, não vamos depender um do outro para crescermos. Chega de dependências…

— Eu sei… Acho que sei…

— Vamos reconstruir-nos a par.

A par… Reconstruir as nossas vidas a par.

Olho a entrada. Um projeto bem conseguido e que pagaste na íntegra, Alda. Disseste que a ideia e aquele espaço eram teus, que os quiseste modificar, fazendo de uma enorme casa duas pequenas. Aquela entrada, a comum, é agora um convite para que eu saia. Hoje, esta entrada permite-me sair. Hoje, sou capaz de sair…

Fecho a porta e penso — vai começar uma outra história. Não, não penso, sinto, que é bem mais importante.

Fechas a porta e sinto: vais começar a tua história. Nessa história que começas, eu entro. É o que sinto. Não, não sinto. Tenho a certeza de que vais começar a tua história comigo, o que é bem mais importante.

O porquê deste livro

Este porquê está subjacente a quase toda a ficção que escrevo para adultos — porque sentir e conhecer os silêncios que preenchem de vazio muitas vidas me impele a escrever. Escrevo os silêncios.

Os silêncios das pessoas presas na sua realidade, sem conseguirem ver como a realidade dos outros as pode ajudar; os silêncios das que, presas nas realidades dos outros, se esquecem-se de olhar para a sua realidade; os silêncios das que, recusando a realidade que lhes pode trazer uma saída, permanecem numa irrealidade (cômoda porque conhecida) que as impede de construir uma felicidade diferente.

O alcoolismo é um dos silêncios mais aceites, ignorados e comuns na vida de muitas famílias. Não só o alcoolismo do alcoólico, como também o dos que o rodeiam, embriagados por uma sucessão de repetições que modificam e guiam as suas vidas, e o dos que, exteriores ao assunto, não conseguem imaginar o que verdadeiramente se passa. E também o alcoolismo que se instala para preencher um vazio que não parece ter solução. Todos rodeados de silêncios.

Este livro pretende apenas acompanhar os que estão presos ou estiveram no alcoolismo, vivem perto do problema e se sentem sozinhos, ou desejam ajudar e entender. Se isso acontecer, terei cumprido a minha missão.

Margarida Fonseca Santos

Impresso em São Paulo, SP, em fevereiro de 2016,
com miolo em off-set 75 g/m²,
nas oficinas da Arvato Bertelsmann.
Composto em Avenir Next Regular, corpo 10 pt.

Não encontrando esta obra em livrarias,
solicite-a diretamente à editora.

Escrituras Editora e Distribuidora de Livros Ltda.
Rua Maestro Callia, 123 – Vila Mariana
São Paulo, SP – 04012-100
Tel.: (11) 5904-4499 – Fax: (11) 5904-4495
escrituras@escrituras.com.br
vendas@escrituras.com.br
imprensa@escrituras.com.br
www.escrituras.com.br